カササギの魔法シリーズ２

捕らわれの心

KJ・チャールズ

鷺谷祐実〈訳〉

A Charm of Magpies 2

A Case of Possession

by KJ Charles

translated by Yumi Outani

Contents

登場人物

クレーン伯爵ルシアン・ヴォードリー……二十年ぶりに中国から英国へ帰国した貿易商
スティーヴン・デイ……超常能力の濫用者を取り締まる審犯機構の能力者
フランク・メリック……クレーンの従者にして片腕

テオ・ラッカム……クレーンの知人
〝ダウン〟・クライヤー……貿易商・クレーンの知人
〝モンク〟・ハンフリス……貿易商・クレーンの知人
シェイコット……ジャワの貿易商
ペイトン……貿易商・クレーンの知人
レオノーラ・ハート……クレーンの上海時代からの友人。未亡人
トム・ハート……レオノーラの亡夫。クレーンの恩人

エスター・ゴールド　……　審犯者。スティーヴンの仕事のパートナー
ダニエル・ゴールド　……　医師。エスターの夫
ジェニー・セイント　……　審犯者。スティーヴンの部下
ピーター・ジャノッシ　……　審犯者。スティーヴンの部下
リッカビー刑事　……　ロンドン警視庁の刑事
デイヴィッド・ウィレッツ　……　ジャワに詳しい男。故人
ジャン・ジーイン　……　行方不明の中国人シャーマン

イラスト：yoco

捕らわれの心

A Case of Possession

最高の友だち、キャロラインへ。飲みに行かない?

一つは哀しみのため
二つは歓びのため
三つは女の子のため
四つは男の子のため
五つは銀のため
六つは金のため
七つは明かしてはいけない秘密のため
八つは海の向こうへの手紙のため
九つはとても誠実な恋人のため

一つは哀しみのため
二つは悦びのため
三つは女の子のため
四つは男の子のため
五つは富のため
六つは貧困のため
七つは雌犬のため
八つは売女のため
九つは葬儀のため
十はダンスのため
十一は英国のため
十二はフランスのため

第一章

暑い夏の夜、悪臭を放つ川から道を数本隔てたアヘン窟の三軒隣、ライムハウスのがらんとした小さな事務所で、クレーン伯爵ルシアン・ヴォードリーは荷積みの記録を確認していた。決して好みの夜の過ごし方ではなかったが、誰も好みなど気にしてはくれず、仕事は溜まっていたので、選択の余地なく作業していた。

中国の商人らしい偏見を持って推理しながら、不正をされているだろうか？　ではなく、いったいどの行程で被害に遭っているのか？　書類を調べていく。もし何も痕跡を見つけることができなかったら、上海で仕事を任せている仲買人が思った以上に賢いか、あるいは誠実かのどちらかだが、クレーンには相手が格別誠実な男とは思えなかった。

鉄のペン先が紙を引っ掻いていく。ペンは実用的な安物で、簡素な事務所の、何の変哲もないデスクも同じだった。実際、部屋の中には富を示すようなものは、クレーンが身につけているスーツを除けば、何もなかった。そのスーツはいま座っている建物そのものより高価なものだ。

貿易商、時には密輸業者として、ルシアン・ヴォードリーは既に十分に満足できる富を築いていたが、思いがけず貴族の地位を相続したことで、伯爵の称号と共に莫大な財産をも継いでいた。中国での評判を聞いていないか、あえて無視することに決めた人々にとっては、いまや英国で最も結婚相手にしたい独身男性の一人であったが、今夜も招待された三つの夜会への出席を断り、クレーン伯爵夫人になることを熱望している若い女性に少なくとも三十人、会う機会を失っていた。自宅の書斎机の上にはさらに数十通の名刺や招待状、借金の申し入れ、面会依頼の手紙が積み重なっていた。それらの束はいわば、この国の最も特権的な上流階級への通行証《レセパッセ》だった。

その気になればクレーンは、ロンドンで一番美しい女性たちを相手にし、最上の階級の人々と親しくなり、英国の最高階層の一万人《アッパーテンサウザンド》の中でも最上の数百人の仲間入りをして、人々が憧れ、どんな犠牲を払ってでも手に入れたいと思う者さえいる特権を自分のものにすることができた。それはほんの少しの努力で実現させることができたが、クレーンにとっては頭に銃をつきつけられでもしない限り、興味のないことであった。

クレーンは成人してからの半生を丸々上海《シャンハイ》で過ごしており、相手にしてきたのは密輸業者や売春婦、博打打ち、殺し屋、売人、酔っ払い、シャーマン、画家、腐敗した役人、不良官僚、詩人、そしてアヘン中毒者などのロクでもない輩《やから》で、その汗臭く、生き生きとした中毒性のある世界を、こよなく愛していた。生まれた家柄だけで人生のすべてが決まっている人々との礼儀正しい夕べや洗練された夕食会など、退屈極まりない。

そんなわけで、クレーンは数々の招待は断るなり、無視するなりしていた。上流階級とのつきあいに比べれば、四川唐辛子の積荷の一部がどこで盗まれたかを探求する方が、より有意義な時間の使い方だった。

同じ探求するのなら、小柄で滑らかな体で悦びを受け入れ、クレーンの夜の眠りを妨げる琥珀色の瞳の人物を追いかける方がよほど有意義だったが、いまはその選択肢はなかった。当の小悪魔がまたしても任務で姿を消したからだ。

スティーヴンの神出鬼没ぶりは、クレーンには新鮮だった。これまではいつでも、恋人を追いかけるよりも振り切る方だったし、自分よりも仕事に没頭するパートナーを持ったことはなかった。現在、商売がさほど忙しくないのも問題だった。忙しければ、スティーヴンがどこで何をしているのかを考えて過ごすことは少なくなるだろうが、仕事を増やすことは本格的に英国暮らしを始めることを意味し、そこまで自分の気持ちを持っていくことができずにいた。上海の貿易会社の運営は順調だったし、かの地での生活はいまよりよほど気楽で快適、そしてずっと面白かった。

もちろん、上海にはスティーヴンがいないという問題があった。しかし考えてみれば、件《くだん》の魔法遣いはロンドンにだっていやしない。二晩前、何も言わずに姿をくらましたまま、本人の都合のよい時に、また現れるのだろう。

そこに理不尽はなかった。スティーヴンは自立した人間だし、抱えている仕事上の責任はクレーンの国際貿易が趣味の暇つぶしに見えるほど重要なものだった。二人ともやるべき仕事があり、過去クレーンは仕事よりも自分たちの楽しみを優先させて欲しいとねだる恋人には我慢ができなかったので、スティーヴンに同じことを望むわけにいかなかった。ただ、明確にいつもと反対の立場にいることが少し苛立たしいだけだ。恋人が予期せぬタイミングで現れるのを待つのはクレーンの方で、不在の理由を聞いたならば、片側の口角を上げる挑発的な微笑みしか返ってこないのはわかっていた。

スティーヴンの極めて魅力的で誘いかけるような笑みを思い浮かべて、クレーンは暫しもっと楽しいデスクの使い方に思いを馳せた。問題の某君の小柄な体に手を触れ次第どんな風に扱うかを考えた時、簡素なデスクは圧力に耐えかねて壊れるだろうと判断を下すと同時に、仲買人の工夫を凝らした帳簿のどこに問題があるのかを発見した。

悪くないやり方だし、うまいかすめとり方だ、そう評価した。仲買人にとっては細心の手間をかけるだけの利益をもたらし、クレーンにとっては取引を順調に進めてもらう見返りとして認めてもいい程度だった。満足して、頷いた。この男に任せておいて問題はなさそうだ。

次の書類に手を伸ばすと、大きく扉を叩く音がした。

夜八時に建物内にいるのは一人だけだったので、面倒に思って無視をした。さらにしつこいノックの音、そして、鉄格子の開き窓に向かって呼び声がした。

「ヴォードリー！　ヴォードリー！　いや、クレーンか」訪問者は窓から中を覗き込んだ。

「ほら、いるじゃないか。ノンハオ」

「ノンハオ《やぁ》、ラッカム」そう言うとクレーンは扉を開けに立った。

　テオ・ラッカムは上海での友人に近い存在で、クレーンと同様、同郷出身者と群れるよりも現地の社会を好む英国人だった。ラッカムは、力は弱いものの魔法の能力者《プラクティショナー》であり、数ヵ月前にスティーヴン・デイをクレーンに紹介したのもこの男だった。

「思いがけない訪問だな。調子はどうだ？」

　ラッカムはすぐには応えなかった。部屋の中をうろつき、塗壁に貼り付けられた地図類を見て回った。「ここが本当にお前のオフィスか？　てっきりもっといい場所にいるものだと思ったよ」憤慨しているかのような言い方だった。

「ここではダメか？」

「ライムハウスだぞ、ここは」

「私はライムハウスが好きだ」クレーンは言った。「お前だってそうだろう？」

「好きなんかじゃないさ。こんなところ、誰だって耐えられない。汚れた場所だ」クレーンは片眉を上げたが、何も言わなかった。「泥棒と荒くれ者と狂人たちの薄汚い溜まり場さ」ラッカムはそう続けた。「俺が金持ちだったら、こんな街には足を踏み入れないね」

〈では、どこでお前の大事なアヘンを手に入れるんだ？〉クレーンは胸の中で訊ねた。ラッカムの瞳孔はわずかに収縮していたが、それはアヘン常習者の症状であると共に、能力者が力を使っている状態を示すこともあり、実のところどちらなのかは気にならなかったので、あえて判断するのをやめた。

　ラッカムは恨みがましく続けた。「お前は金持ちだ。どうして金持ちらしくしない？　どうしてウェストエンドの豪勢なパーティに出席しないで、ライムハウスくんだりで、あくせく働いている？」

「たまには、それらしくすることもあるさ。このスーツは下町の商店街《コマーシャルロード》で作ったものではないぞ。でも私のビジネスはこの場所で動いている。シティでもない。ましてウェストエンドなど、縁もゆかりもない」

「だいたい、お前は商売をする必要なんてないじゃないか。これ以上金は要らないだろうに」

　ラッカムの口調はまぎれもなく非難めいていた。

　クレーンは肩をすくめた。「正直を言うと、私は退屈している。ウェストエンドでは退屈はまぎれない。何かをしていなければ気がすまないし、私が得意なのは、貿易だ」

「ではなぜ中国に戻らない？」ラッカムは訊いた。「そんなに英国《イングランド》が退屈なら、どうしてまだここにいる？」

「法務上の問題だ。父は資産をひどい状況で放置して死んだ。整理をするのに気が遠くなるほど時間がかかっていて、そうこうしている内に存在も知らなかった遠い親戚が何人も現れて、遺産分与を主張し始めた。なぜそんなことを気にする？」

「気にしているわけではない」ラッカムは履き古した革靴の先で壁のすそ板をなぞった。「例の問題はすっかり解決したのか？」

「春のアレか？　ああ、もう大丈夫だ」

「デイが解決した」

「その通り」

クレーンは父親と兄を殺した呪いに悩まされ、ラッカムの紹介で、不正な魔法使用を取り締まる審犯者《ジャスティシアー》、スティーヴン・デイと出会ったのだ。クレーンとスティーヴンは二人そろって殺される一歩手前まで追い詰められたが、最終的にはスティーヴンが凄まじい力を行使して事態を収拾した。その日、五人の命が失われたが、この事件が能力者の間でよく知られた話なのか、スティーヴンが秘密にしておきたい事柄なのか、クレーンには判断がつかなかったので、一言だけ加えた。「とてもよくやってくれたよ」

ラッカムは鼻を鳴らした。「そうだな。奴は優秀だと言える」

「一週間に三度、命を救われた」クレーンは言った。「とても優秀、と呼べると思う」

「奴が好きなんだろう？」

「デイのことか？　いい青年だと思うよ。どうして訊く？」

ラッカムはクレーンのデスクの上の書類束の角をそろえることに集中していた。「つまりさ。

お前は先週、奴とシェンズに行った」

「行ったさ」クレーンは認めた。「私があの店の権利を三割ほど所有しているのを知っているか？　また一緒に行こうじゃないか。他に予定がないなら、今夜でもいいぞ」

おごりの誘いを断ることのないラッカムだったが、これに応えなかった。「デイはシェンズの料理を何と？」

初めての四川唐辛子にスティーヴンが示した反応を思い出して浮かびそうになった笑みを、クレーンは噛み殺した。「びっくりした様子だったよ。でもよく食べた。あんなによく食べる人間には会ったことがない」

「よく一緒に食事に行くのか？」

「礼に何度か夕食をおごった。何か質問に意図はあるのか？　実際、何か情報を求めているのであれば、彼のことはお前の方がよく知っていると思うがね」

「俺が知っているのは、奴がお前と同類だってことだ」ラッカムは言った。

「同類ね」クレーンは軽い口調を崩さなかった。「そうだな、二人は実によく似ている。まるで鏡を見ているかのようさ」

ラッカムは思わず笑いを浮かべた。スティーヴン・デイの赤みがかった栗色の巻き毛に対しクレーンはわずかに灰色を帯びつつある明るいブロンドで、肌は長年外気にさらされた赤銅色。魔法遣いは青白い皮膚をして、年齢は二十九だったがそれよりも若く見え、クレーンは三十七歳、何よりも、六フィート三インチ（約百九十センチ）の堂々たる長身で、スティーヴンより少なくとも十五インチ（約三八センチ）は背が高かった。

「外見が似ていると言っているわけではない」ラッカムは無用な説明をした。「俺が言いたいのは……お前と同じだってこと。お仲間さ」明確に意味が伝わるよう、上海語に切り替えた。

「断袖《だんしゅう》の愛、さ。隠すなよ、ヴォードリー。奴が男色家《パンジー》なのは知っている」

「そうなのか？」相手がラッカムだろうが誰だろうが、クレーンにはこんな会話をするつもりはなかった。ここは英国で、男色《ソドミー》は不名誉であり、長く投獄される土地だ。「デイの指向に対する意見を聞いているのか？　私にもお前にも、まったく無関係のことだと思うが」

「シェンズで一緒に食事をしていた」意味ありげな視線を向けて、ラッカムは繰り返した。

「シェンズでは何人もと一緒に食事をしている。数週間前にはレオノーラ・ハートを連れて行ったが、そこに裏の意味があるようなことを言ったら、お前を断じて許さない。そういえば、お前とも一緒に行ったが、握手以上のことはなかったと思うが」

ラッカムは怒って顔を赤くした。「もちろん、あるわけがない。俺はお前と同類ではない」

「それに私の好みでもない」クレーンはわざと性的な含みのある口調で言い、ラッカムが歯を噛みしめるのを見た。「まぁたとえ好みだったとしても、世間にそのことを公表するような真似はしないさ。それで、いったい何の用だ？」

ラッカムは気を取り直して言った。「お前を知っている、ヴォードリー。俺の前で聖人ぶったって無駄だ」

「私は誰に対しても聖人ぶったりしない。しかしスティーヴン・デイの私生活は私には関係ないので――」

「それは嘘だ」ラッカムは言った。

「私を嘘つきだと言うのか？　もう応えなくていい。私は忙しいんだ、ラッカム。山ほどの船積み記録の確認と仲買人の尻尾をつかむ必要がある。ここに来たのは共通の知人に関してあらぬ話をするためではあるまい。何が目的だ？」

ラッカムは視線を外した。薄茶色の髪の毛には灰色が混じり、細い顔はむくれて疲れていたが、その様子はクレーンに拗《す》ねた未成年を思い起こさせた。

「金を、貸して欲しい」窓の外を見ながら言った。

「借金か。わかった。いくらくらいの話だ？」

「五千ポンド」ラッカムの声はケンカ腰だった。視線を戻すことはしなかった。

クレーンは一瞬、言葉を失った。「五千ポンド」ようやく、繰り返した。

「そうだ」

「なるほど」クレーンは注意深く言った。「確かに、お前に借りがあることは認めるが、しかし――」

「では、返してくれ」

「現金で返すような類いの話ではない」その天文学的な数字は、給料のいい事務員の十年分の稼ぎに匹敵する額だった。「どんな条件での話だ？　保証はあるのか？」

「条件は考えていなかった」ラッカムは向き直り、視線が一瞬クレーンの顔を捉えたが、再びすぐに横に逸れた。「無条件の……借金をさせてもらいたいと思っていた。利子もなしで」

クレーンは表立って顔色を変えたり動いたりはしなかったが、皮膚の下の神経が燃え上り、この先の展開の予感に、怒りの発作の前兆と共に冷たい塊が腹の中に生まれるのを感じた。

「返すつもりもなく、五千ポンドの借金をしたいというのか？　どうして私が同意すると思う、ラッカム？」

ラッカムは、今度は視線を合わせた。「貸しがある。俺が命を助けた」

「ずいぶん大きく出たな。お前は紹介をしただけだ」

「お前にデイを紹介した。貸しがある」

「五千ポンドに値する借りではない」

「デイとの関係を黙っていることに対しての貸しだ」ラッカムの唇は青白くなり、肌はじっとりとして見えた。「ここは中国ではない」

「はっきりさせよう。お前は私を脅迫しようとしているのか？」

「醜い言い方をするな」ラッカムは予想通りに返した。

「まさにお前にピッタリの言葉だな、このなまっちょろ顔のクソビョーキ野郎が」クレーンはつかつかと前進した。ラッカムより六インチ（約十五センチ）ほど背が高く、細身と言われることが多かったが、それは上背の高さから生まれる錯覚で、人々は怖いほど近くに迫るまでクレーンの体の大きさを実感することはない。

いまさらそれに気づいたラッカムは一歩退いた。「俺を脅かすな！　後悔するぞ！」

「お前を脅迫などしていない、この役立たずの臆病者。そうするつもりもない。脅かすのではなくただ両腕をへし折るだけだ」

ラッカムはさらに二歩下がって、片手を前に出した。「俺がお前を先に痛めつけるぞ。ディを破滅させる」震える指先を一本向けた。「二年の強制労働だ。お前は金を使って逃れることもできるだろうが、奴は終わりだ。恥辱にまみれ、不名誉に仕事を追われる。俺が滅ぼしてやる」

「何を証拠に？　シェンズでの夕食か？　地獄へ落ちろ」

「奴はお前の部屋に通っている」ラッカムは自分とクレーンの間に椅子を挟むように移動した。「夜にだ。シェンズでの夕食の後、一緒に戻って、翌朝十時まで建物から出て来なかった。それに――――」

「私を監視していたのか」クレーンは信じられないままに言った。「この見下げ果てた野郎が」

「俺に触るな！　俺は奴を破滅させられるし、お前が少しでも乱暴したら、本当にそうする」

「できるものか。お前はあいつが恐いんだ。だから、このバカげた話を私に持ってきた。ステイーヴンを脅かしたら、お前はあいつにドッグフードになるくらい細かくちぎられるからな、この間抜けで絶望的な無能が」クレーンはありったけの侮蔑を込めて能力者に対する最悪の侮辱だと思われる言葉を投げつけた。

　ラッカムの頬が色づいて、クレーンは一瞬相手が能力を使うと思って身構えたが、ラッカムは明らかに努力をして自分を押しとどめた。

「お前が何を考えているかはわかっている」相手の声は怒りで震えていた。「そうはさせない。お前が襲ってきたら、俺には身を守る権利がある。そうでない限り、俺からお前に能力を使ったりはしない。何と呼ばれてもな。お前の小さな男友だちは俺に触ることはできない。知っての通り、審犯者だって世間一般の法を守る義務があるし、男色《ソドミー》は犯罪だから、俺が言いたいことを言うのを奴には止められないし、黙っていて欲しいのなら、俺の金を渡してもらう！」

「お前の金ではない。私のものだ。お前に一ペニーでも渡すくらいならすべて弁護士にくれてやる方がマシだ。さぁ、出て行け」

　ラッカムの目つきは狂暴になっていた。「協議会《カウンシル》に訴えてやる。デイのことを話す。警察にも話す。つい先月、準男爵が逮捕されたから、お前だって捕まる。奴らはお前の家名や称号なんて気にしやしない」

「私も気にはしていない」クレーンは言った。「なので、脅迫するならお前の言うことをサルのタマほど気にする相手を選ぶことを提案する。出て行け。あと、メリックに会ったらよろしく伝えてくれ」

「メリック？」

「なぜ俺がメリックに会う？」困惑した様子でラッカムが言った。

「まぁ、実際に会うことはないかもしれない。ただ近日中に、暗い路地裏か、深い溝《どぶ》か、アヘン窟の隠し部屋で、奴の方がお前を見つける。それだけは間違いない。さぁ、出て行きやがれ、扉を閉じろ」

ラッカムの顔は当然ながら土気色になっていた。クレーンの片腕として知られる男は、上海の裏社会でも恐れられている存在だからだ。相手は何か言おうとしていたが、クレーンはイライラしたように片手を振って、デスクに戻った。数秒後、ラッカムは絞り出すように言った。

「三日の猶予をやる。金曜日までに金を渡さなければ、協議会と警察に行く。もしメリックに会ったら、ど、どうするかというと……」

「ズボンにチビって情けを求めるだろうよ」クレーンは書類を一枚手にすると、注意をそちらに向けた。「だが心配するな。お前が気づかないようにするよう、言い聞かせておくよ」

ラッカムは何かブツブツ言うと、逃げるように立ち去った。クレーンは数秒待って扉がバタンと閉じる音を聞くと、大きく深呼吸した。

人生で脅迫を受けたことは一度もなかった。確かに、猥褻行為を理由に学校を三つ放校になり、法に反する性的指向のせいで十七歳にして国を追われたが、それは父親との戦争の一環で、常に自分を偽ることなく戦ってきた。以来、中国で、人の法も神の掟も、クレーンが誰とベッドを共にしようと一切気にすることのない場所で生きてきた。英国に戻って八ヵ月、ラッカムの脅しに屈するほど、暴露への警戒や迫害への恐れが身に染み込んではいない。

もちろん、英国に戻る時にこの問題について考えたが、船がポーツマスに着く前から、もし捕まるようなことがあったら必要な人間はすべて買収し、保釈金を払って、その足で中国行きの船に乗ろうと決めていた。無理なく可能だろうし、逃亡することに後ろめたさもなく、正直なところ、家に帰れて嬉しいだろう。

だがそれはスティーヴンと出会う前の話だ。たまらなく魅力的で、驚きに満ちていて、独善的なほど自立しているスティーヴン。その鉄壁の正義感で、敵も大勢いる男。

道義的に見て、スティーヴンを残して逃げるわけにはいかなかった。責任があった。

クレーンは眉をひそめて、これがどの程度の問題になるのかを考えた。この国で同性愛者の男が皆そうであるように、スティーヴンは慎重で用心深く、自分には危害は及ばないと言っていた。皆と同じように、自分もとりわけ問題を起こすことを好まなかったが、能力者の協議会は、魔法に関わらない些細な罪や誰も傷つくことのない個人の風変わりな嗜好は黙認している、と語っていた。一般の法律の問題は、自分の能力で何とでも対処できる、とも。

しかし残念ながらクレーンは、スティーヴンが躊躇なくかつ流暢に嘘をつくことも知っていた。自分の身に及ぶ危険については良心の呵責なく嘘をついただろうし、一方でラッカムは十分脅迫に足る確証をつかんだと信じている話しぶりだった。

一刻も早くスティーヴンにこのことを知らせる必要があった。

クレーンは怪しまれない内容の呼び出しの文言をメモに書き綴り、スティーヴンの住むオルドゲートの北の小さな下宿屋の住所を表に記した。下宿を訪れたことはなかったし、無用な疑いを避けてこれからも足を踏み入れる機会はないだろう。このメモがスティーヴンの人生を破滅させるとは思えない。だが、もしそうなる可能性があるのであれば、ラッカムの問題はさらに緊急性を増すことになる。居所不明の恋人との連絡方法は他になかったので、クレーンはとりあえずすべてを胸の奥に押しやり、事務所の戸締りをすると、辻馬車と気晴らしを探しに外に出た。

メリックがたぶんライムハウスにいるだろう。そうでなければ中国人の友人たちがきっというるが、探し出すにはパブや賭博場を訪ねて回らなければならず、今夜のクレーンは独りで、身なりが良すぎるため、その危険は冒せなかった。英国の友人たちは学生時代か社交的つき合いの知り合いだけだが、クレーンが嫌悪するエレガントな催し物を楽しんでいることだろう。そんなわけで、他にすることもなかったので、極東貿易《ファーイースタン・マーカンタイル》クラブ、通称トレーダーズへ向かうことにした。

第二章

トレーダーズを訪れるのは旅行好き、商売人、それに一握りの探検家や学者たち――インドより東へ旅をしたことがあって、そのことについて話し合いたい者たちだった。さほど賑ってはいなかったが、旧知の中国貿易の関係者が何人かいたので、クレーンはその仲間に入ると、革張りのゆったりとした肘掛け椅子を引き寄せて、上等のウィスキーを楽しみながら、〝タウン〟・クライヤーの語る最新の話題に耳を傾けた。

その本名はとうの昔に忘れていたが、タウンがマカオの輸出入法に関連した三者取引についての話し終えると、一同が納得して頷いた。そして今度はクレーンに水を向けてきたので、シェンズの所有権の一部をとある経緯で買い取った話を面白おかしく話して聞かせた。

「それはいい話だな、ヴォードリー！」ジャワの貿易商人、シェイコットが言った。「というか、クレーンだったな。お前の話はいつでも面白い。もっと顔を出せよ、最近来ていなかったじゃないか」

「家族の関係でクソ忙しかった」クレーンは同調する面々に感謝しながら言った。「最近の様子はどうだ、タウン？　聞かせてくれ」

「そうだな」タウンは考え深げに言った。「マートンのことは聞いたか？」

クレーンは一瞬不快げに唇をひねった。「奴がどうした？　船に乗って、旅立ったか？」

「最後の旅路さ」シェイコットが重々しく言った。「死んだんだ、先週」

少し酔っ払った様子の年若の日焼けした男が、つぶやいた。「なんと、気の毒に。えーと、献杯を……？」そう言って、グラスを掲げようとした。

「俺はマートンのためになど飲まない」抑揚のない声でハンフリスが言った。上海の商人の一人で、クレーンが仕方なく我慢するのではなく、前向きに好ましいと思う数少ない商売仲間だった。

「死んだことを祝って一杯やってもいいぞ」クレーンはつけ加えた「事故か、それとも怒り狂った親の一人がとうとう奴に復讐したのか？」

「事故だ、銃の手入れをしていて」タウンは意味ありげに咳をした。

「クソ野郎というだけではなく、臆病者だな」ハンフリスは侮蔑を込めて言うと、急にクレーンの方に目をやって顔色を変えた。クレーンの父と兄が揃って自殺したことを思い出したのだ。

「すまない、ヴォードリー、悪かった。俺が言いたいのは――」

「まったく気にする必要はない」クレーンは手を振った。「どうであれ、お前と同感だ」

「いや、本当に済まなかった」ハンフリスは話題を変えようと話を振った。「そうだ、ウィレッツについては聞いたか？　ほら、コプラ（訳注：ヤシ油の原料）の取引をしている。新聞を読んだか？」

「いや、何があった？」

「殺された」

「なんと」クレーンは椅子の上で体を起こした。「本当のことか？　犯人は捕まったのか？」

「いや、誰も。ポプラー地区の川沿いで発見された。ナイフで刺されたらしい。追いはぎだ」

「災難だな。かわいそうに」

「二週間の内に、ウィレッツとマートン」シェイコットは引き続きもったいぶった口調だった。「そうだな、この調子ではトレーダーズのメンバーリストは薄くなってしまいそうだ」クレーンは無感情に同意し、そこにタウンが言い添えた。「トレーダーズの呪いだな」

「笑い事にするな、諸君。俺の聞いた話によれば、だな――」シェイコットはこうした発言が招くイライラした反応を無視して、話を始めた。死んだ男の一人、ウィレッツのよくしていた、犬ほどの大きさのネズミが登場する長々とした奇譚で、クレーンはこれまでに何度か聞いたことがあったが、面白い話をしている時でさえもシェイコットはつまらないという感想を持った。そのまま、帰宅したらベッドにスティーヴンが丸くなって眠っているのではないか、その時はどんなことをしてやろうか、と一人夢想に耽《ふけ》った。ハンフリスがタイムズ紙を目の前で振りかざして初めて、現実に引き戻された。

「聞けよ、ヴォードリー！　これを知っていたか？　婚約のコラムを見たか？」

「残念なことに、まだきょうは読んでいないよ。お祝いをして欲しいのか、モンク？」

〝モンク〟・ハンフリスはクレーン同様〝結婚しない男〟で、それはクレーンと違って生来の独身主義によるものだったが、ムッとした動作を見せて否定した。「俺じゃない、このバカ。レオノーラ・ハートが結婚するぞ」

「まさか！」

「お前、聞いていないのか？」タウンが言った。「少し前に噂を聞いたぞ。どうやら相手はぞっこんだそうだ」

クレーンは新聞をつかみ取ると問題の記事を調べた。「イ、、、ードワード・ブレイドン？　そもそもこの名前はどうやって発音するんだ？」

「エドワードと読むのさ。政治家で、議員。改革主義者。汚職を嫌悪している。名誉の売買や聖職者特権やあくどい買収の横行を許さない。善良な官僚だ」

この一言に不穏な囁きが交わされた。そこにいるほぼ全員、買収は便利な道具か税金の一種と考えていて、全員が国籍を問わず役人が嫌いだった。

「彼女はハートについて話したと思うか？」ペイトンという名の嫌われ者が、鼻で笑いながら言った。「上海で奴が買収しなかった官僚は一人もいないくらいだった」

「ハートはいい男だった」クレーンは言った。「比べられるブレイドンは大変だ」

「ハート夫人が再婚しなかったのはそのせいか？　ハートの素晴らしい思い出のためか？」ペイトンの声はせせら笑いだった。「俺の聞いた話では、シンガポールの男とスキャンダルがあったらしい。タウン、お前は知らないか――」

「トムとレオノーラ・ハートの二人は、私の一番の親友だった」ペイトンと目を合わせて、クレーンが遮った。「トムには何度となく命を救われた。彼の死でレオは深く傷ついた。もし再び結婚する気になったのなら、彼女にとってとても喜ばしく思う。君たちの中にくだらない噂話を広めようと思っている者がいるなら、ぜひとも控えてもらいたい」ペイトンは顔を赤らめた。「もちろんレオには私の庇いだてなど必要ない。自分の評判は自分で守れる」クレーンは部屋の他の会話が途切れるほどの強い声で話し続けた。「ブレイドンも彼女を守るだろう。ただし、これだけははっきり言っておく、レオノーラ・ハートの悪口は私個人への直接的な攻撃と受けとめる。ブーツの先で口の中に押し込んででも、話した奴に言葉を撤回させる」

「俺も手伝うよ」モンク・ハンフリスが言った。

「サー、叔父に対してその言い方はない」少々乱暴に立ち上がって、若者が言った。

「私も君の叔父の言い方が気に入らないから、おあいこだな」クレーンも立ち上がると、わざと時間をかけて威圧的に若者を見下ろしてから、酒瓶《タンタロス》のスタンドにウィスキーを注ぎ足しに歩いた。この間にモンクと仲間たちが、座って静かにしていろと若者をなだめた。ペイトンの鼻にかかった声で〝恥知らず〟、〝無法者〟といった言葉が聞こえた。他の者が〝怒らせたら怖い〟〝あの恐ろしく乱暴なメリック〟と応えた。それら自分に関するわかりやすい分析が若者の憤りを抑えるのに十分だと判断すると、朝になったらレオに何がどうなっているか訊いてやろうと考えながら、クレーンは椅子に戻った。

スティーヴンは両腕を広げて裸で寝そべっていた。カササギ王《マグパイ・ロード》の指輪が淡い光を放ち、かぎ爪の形に曲げられた手指を照らしている。赤みがかった巻き毛の陰部から硬く立つモノは絹のように濡れ、意味のとれない言葉を発しながら許しを乞い、悶えながら身をよじらせる。

「どうか、どうか閣下《マイロード》」クレーンが小さく柔らかい体の入口に自分自身を押しつけると、スティーヴンは泣き叫んでいた。

「どうか、何だ?」クレーンは訊いた。その先端をスティーヴンの尻の穴に撫でつける。「何、のお願いだ?」

スティーヴンは吠え声をあげ、背を反らせてクレーンに自らを押しつけた。「お願い、閣下!」

クレーンは男の両肩をベッドに強く押さえつけた。「さぁ、言ってごらん、可愛い子《スウィートボーイ》」

「あんたのものにして。僕を飛ばして。カササギを飛ばして」

「飛べるさ」スティーヴンの体の暗い熱さに突き入ると、恋人の肌の上で鳥たちが羽ばたき、黄褐色の目が白と黒に瞬いた。七つの刺青《タトゥー》の鳥が静かに羽を動かし、啼き声をあげると、やがてスティーヴンの広げた腕から羽根が広がり、二人の周りをカササギが騒がしく飛び回った。

「飛べ」もう一度言うと、カササギが啼き叫ぶ中、激しく熱く絶頂に達した。

クレーンが目を覚ますと、一人きりのベッドでシーツに絡まり、汗をかき、一瞬混乱をしたが、腹に間違えようのない粘り気のあるヌルヌルした感触を感じた。

「ファック」声を出して罵ると、夢を振り切るかのように、頭を熱い枕の上に落とした。

最後に会ってからまだほんの数日じゃないか。こんな年になって夢精とは、呆れたものだ。だいたい、カササギたちに関しても、そろそろ我慢がならなくなってきたところだ。

自身には魔法の能力は一切ないのだが、クレーンは強大な力を誇った魔法遣いカササギ王の直系だった。理解のできない何かの力でクレーンの血、そして体は、先祖の持っていた能力とスティーヴンの能力の触媒となるのだ。その最も不可思議な副作用は、クレーンの体の七つのカササギの刺青だ。二人がファックすると、カササギたちはまるで命を持ったかのように飛び跳ね、二人の肌の間を行き来するのだ。その内の一羽はスティーヴンを気に入ったらしく、その背中に棲みついてしまい、クレーンは鏡を見るたびに刺青があるべきところにぽっかりと無傷の肌が覗いているのにギクリとし、一方スティーヴンは刺した覚えのない刺青を背中に抱えることになった。恋人の夢までうるさい鳥たちに奪われたのではたまらない。

逃げ去った刺青が翼を広げていた肩に触ると、カササギと、夢と、不在の恋人に対する罵りを口走りながら、粘り気のないシーツ面に体を動かし、再び眠りについた。

第三章

翌朝、十一時まで待ってもスティーヴンから音沙汰はなく、クレーンはレオノーラ・ハートを訪ねた。

およそ二十年前、初めて出会った頃のレオ・カラスはお転婆な十五歳の少女だった。父親は貿易商で、母親は亡くなって久しかった。幼い頃から上海の街を走り回り、取引所や商人の館に我がもの顔で出入りし、周りの若い男たちと同じくらい流暢に英語、スペイン語そして上海語で悪態をつくことができた。十七歳で突如美女に変異した少女を、父親は大量の資金を後ろ盾にロンドンの社交界へ送り込んで成功させようと準備していた。ところが、ルシアン・ヴォードリーを除くすべての人々が呆気にとられる中、十八歳のレオノーラはトム・ハートと駆け落ちした。怪しい噂があり、父親にとって結婚相手として何の魅力もない四十二歳の絹商人だった。

ルシアン・ヴォードリーが驚かなかったのは本人が駆け落ち計画の相談をしてきていたからで、実際レオが逃げ出した夜、カラス邸の門番たちを黙らせるという型破りな結婚付添人の役目を、メリックと共に果たしていた。

相談されて迷いなく手助けをしたのは、やさしさとほとんど縁のない生活の中、トム・ハートは親切だったからで、当時二十二歳のクレーンには二十三歳まで生き延びられるあてがあまりなかったせいもある。クレーンが、いかにも不釣合いの二人だったと冷静に判断して後悔ができるくらい分別がつく年になった頃には、二人が一つの魂を共有する間柄であることは明らかだった。

トム・ハートは八年ほど前に心臓発作で死んだ。レオノーラは悲しみに気が狂わんばかりになり、何も食べず、浴びるほど酒を飲み、滅多なことでは驚かない人々を驚かせるような奇行に走ったりした。

その時の気がふれたような未亡人の痕跡も、以前の少年のような少女の面影もいまはなく、レオノーラ・ハートは美しい三十四歳の女性になっていた。背が高く女性らしい曲線美のある体格で、豊かな黒髪に印象深い茶色い目、高い頬骨に、肌は出自を噂されることのない程度に、エキゾチックと呼べる濃さだった。きょうは秋色の瞳を引き立てる淡いオレンジのシルク地をまとい、美しく、優雅で、洗練されていた。この二ヵ月滞在しているという、古風で過剰な装飾を施された叔母の家の客間には、不似合いな存在だった。

「レオ、ダーリン、素晴らしく美しいな」クレーンは言って、とった手を唇で素早くなぞった。

レオはクレーンの体を引き寄せて抱きしめた。「この腐れ貴族。称号を受け継いだかと思ったら、今度は紳士気取り？　次は何、クレーン夫人とヒヨッコが何匹か出てくるわけ？」

「そんな言い方をするな、勘弁してくれ。というか、巣を作っているのはそっちじゃないのか？　なぜ教えてくれなかった？」

「ああ、天の神よ」レオノーラはぐったりとした様子で言った。「タイムズ紙を見たのね。エドワードにはいくら文句を言っても足りない」

「でも、婚約は本当？」

「ええ。まぁ、そうね。でもまだ公開するつもりはなかった」

「なぜダメなんだ？」

　レオノーラは椅子を指し示し二人は隣り合わせに座った。相手が顔を近づけるように身を乗り出したので、クレーンも同じく近づいた。家に住む英国のいとこ達がレオより遥かに格式張っていることを知っていたので、レオノーラが上海語で話し始めた時には驚かなかった。

「エドワードがとても好きなの。結婚したいと思っている。本当よ」レオノーラは両手の指を絡ませた。「私がどうしてヤン・アールと結婚したかは知っているでしょ？」

「あれはトムが死んでちょうど一年目で、その週の君は飲み続けていたし、ほぼ同じくらいの時間アールと一緒にベッドにいて、自殺するよりはマシだと思ったから。最良の選択とは言えなかったが」

「そういうやさしいところが好きよ、ルシアン」レオは皮肉めいた調子で言った。「でもあなたにはわかるわよね。あなたはトムを知っていた。私たちがどんな風だったかも知っていて、私がどう育って、上海がどんなところかも知っている。ここことは全然違う」

「違うな」

「それにエドワードはトムと違うの」レオノーラは続けた。「もし似ていたら、愛せなかったと思う。彼は――道義的に正しい人なの。言っている意味がわかる？　嘘をつかない。自分の中にとても高い基準を持っていて、その通りに生きている。私を裏切って、がっかりさせるようなことはきっとない」

「そうか。トムとは違うな」

「ええ」レオは懐かしげに笑顔を作った。「トムは私が会った中で一番の無法者だった。友を裏切ることはないといつも言っていたけど……」

「時々トムを友だと思っていたのに、実は違ったと思い知らされる連中がいたな」

「そう！　まさに。私はそんなトムを愛していた。でも、いまはもう年をとって、長い間一人でいたから……。エドワードは心底いい人で、尊敬できる。道義的な正しさについて、私がどういうことが言いたいか、あなたにはわからないかもしれないけど――」

「何があっても変わらない誠実さ。屈服するくらいなら自らを壊してしまうような人間。そこには一種の純粋さがある。魅力的なのはわかるよ」

「そう」レオは言った。「それが問題なの」

「ブレイドンはハートについて知っているんだろう？」

「もちろんよ。でも、あまり詳しい話はしていないの。私と駆け落ちしたことでトムがならず者扱いされたと思っているから、どんなビジネスをしていたかまでは話していない」

「アールについてはどう思っているんだ？」

「話してない」

クレーンは少しの間、言葉の意味を呑み込んだ。「婚約者に、二度目の結婚のことを話していない、と」

「ええ」

「二度目の結婚をしたこと自体は？」

「話してない」

「なぜなら……？」

「なぜなら、アールとは結婚する前から既に寝ていて、結婚した時、私は酔っ払っていた。彼が私を殴った時、お返しに半殺しにして、行き先も知らない船に放り込んで、いない間に離婚した――から。どの部分を話してもエドワードは怒り狂うでしょうし、細かい話をしなかったとしても……」レオは深呼吸をした。「彼は離婚自体をよしとしない。どんなに正当な理由があって、どんなに合法的に行われていても」

　クレーンはそもそもレオの離婚が合法だったかにさえ疑問があった。ご機嫌に酔っ払った判事の二言三言で実行されたからだ。「レオ、君は本当に結婚したいのか？」

「ええ。だから、彼には知る必要もないことよ。そもそも間違いだったんだし、もう終わったことなんだから」

「わかった。ではなぜ新聞の発表を恐れる？　アールは君の人生とはもう無縁のはずだ。奴から連絡があったのか？」

「違う、違うの」レオは小さく言った。眉の間に悩みを示す細いシワが寄った。「違う。問題は彼ではないの」

「では、何が？」

　レオノーラは顔を背けた。クレーンは、死刑執行の朝が来たかのように、状況を理解した。

「レオ、もしかして最近、テオ・ラッカムの訪問を受けたか？」

　顔が途端にクレーンに向いた。「いったい、どうして――神様、まさかあなたも？」

「きのう、会いに来たよ」

「ああ、忌々《いまいま》しい。あのクソ男」レオノーラは唇を噛み、心配げな目を見せた。「気をつけて、ルシアン。このバカバカしい国は、何の躊躇もなくあなたを投獄するわ。どうするつもり？　お金を払ったの？」

「まさか。地獄へ落ちろと言ってやった。脅迫に屈するくらいなら、いつでもこの島を出て行ってやると常々言ってきた。実際そうするつもりだ……」

レオがじっと顔を見つめた。「でも？」

クレーンはため息をついた。「でも、今回は私一人の問題ではない」

「それはあなたにとっての、道義的に正しい人？」

「どういう意味だ？」

「いやだ、ごまかさないで、ルシアン。話し方でわかるわ」レオは陰鬱な気分を振り払うように頭を振り、クレーンもよく知っているわけ知りの笑顔を見せた。「言いなさいよ、誰なの？　私も会わせてもらえる？　ハンサムなの？　いったいいつからの話？　まさか妻帯者じゃないわよね？　恋しちゃったわけ？」

「頼むから落ち着いてくれ」クレーンは笑いながら言った。「えーと……説明するのは難しいが、そうだな、特にハンサムというわけではないが、とても魅力的だ。つき合って四ヵ月ほど、結婚はしていない。そして……一緒にいるのが好きなんだ。道義的に正しい男、とは呼ばないな。でも、正しい男だ」

「その区別は面白いわね。メリックはどう思っているの？」

「気に入っているよ。好意を持っているし、尊敬していて、少し恐れているくらいだ」

「本当に」レオは姿勢を正した。「メリックが恐れるなんて、どんな男？」

「だから、正しい男さ。レオ、きっと君も彼を気に入るよ。ラッカムはそう思っていないらしく、金を払わないと破滅させてやると脅かしてきた」

途端にレオノーラの目からかすかな笑いが消えた。「できるの？」

「可能性はある。話をしないと……。ラッカムとではない、彼とね。君は何を脅かされている？」

「エドワードに何もかも話すと言われている。アールのこと、結婚する前の週のことも、全部。エドワードに私が本当は離婚していないと話すと言われていて、知っての通り離婚を証明するのはとても難しいし、それができたとしても……。エドワードは離婚に反対、あの人は、神の前で誓ったことは人間の手で変えてはいけないと信じている。彼が私を愛しているのは知っているけど、このことがバレたら、私の許を去るわ」

「すべて否定すればいい」

「それもできるけど……。でも、本気で調べ始めたら……すべてが終わるわ。もう二度と信じてもらえない」その可能性を思って、レオの目は怯えに見開かれていた。

「そうだな」クレーンは不在のブレイドンに暫しの間、同情を覚えた。「レオ、一番真っ当な解決方法は、すべてを告白することだ。ブレイドンが君を許せば二人で一生幸せになれるし、許さなかった時でも、少なくとも事実ははっきりさせられる」

「いやよ」レオの声は平坦だった。「それはダメ。だいたい、何人もの人が毎日のようにやっている程度のことで、新しい人生をつかむ機会を逃すなんて、考えられない。七年前に間違いを犯したからって、尼のように生きなければならない理由はないわ。あなただって酔っ払って知らない人のベッドで目を覚ましたことはあるでしょう？　ほら、あの将軍は？」

「その話はやめてくれ。反対はしていない。でも、私はブレイドンでもない。結婚してから判明しても、いいことはないぞ」

「だから、少し待ちたかったの」レオは言った。「でもエドワードは待ちたくないって。子供が欲しいのよ。トムとはダメだったと話したけど、それでも諦めたくないって」

「いいじゃないか。いったい、少し待って何をしようと思ったんだ？　どうやって解決するつもりだった？」

　レオは力なく肩をすくめた。「わからない。どうしていいのか、わからないのよ」

「ラッカムにいくら払った？」

「三百ポンドよ、先週。もっと欲しいと言ってきた。明日来るって、今朝メモを送ってきた。新聞を見たに違いない」

「ふーむ」クレーンは眉をひそめた。「私には五千ポンドと言ってきた」

「なんですって？」

「それに……聞いたか？　マートンが死んだんだ。先週」

「いいじゃない」

「そうなんだが、レオ、自殺だったんだ。脅迫されるとしたら、まず一番は奴だ」

「そんな」レオノーラはゆっくりと言った。「つまり……ラッカムは金の卵を産むガチョウを殺してしまったので、次なるガチョウを探しているってこと?」

「もしくは、大至急大金が必要になったかだ。五千ポンドを集めるのに、金曜日までと言ってきた」

「誰かに追われている?　賭け事?　それともアヘン?」

「私も同じことを考えた」

レオの濃い色の目がクレーンと合った。「誰に追われているか、つきとめられる?」

「午後からメリックが動く」

「どうしようと思っているの?」

「外国行きの船旅と十分な資金を渡す。追い詰められているのであれば、乗ってくるかもしれない」

レオノーラは疑い深げだった。「逃れられないような連中が相手だったら?」

「それもつきとめよう。心配するな、レオ。焦《じ》らせるようだったら焦らし、待てないようだったらもっと金を払え。一両日中にきっとどうにかする」

「どうにか……って?」レオノーラが訊ねた。

少しの沈黙があった。クレーンは言った。「わからない」

「トムならどうしたかははっきりしているわ」

「だな。それも考えた。メリックに後を追わせると脅かしもした。でも、私の――正しい男に、私から人を殺させた、とは説明できない。その危険は冒せない」

「脅迫者を殺すのは殺人かしら?」

「違うかもしれない」クレーンは言った。「もし他に打つ手がないのなら。でも、まだそこまでは至っていないさ」

第四章

この日の残りの時間はひたすら疲れるばかりだった。クレーンはメリックに状況を説明すると、ラッカムがいったい何に追い詰められているのか、中国人の酒飲みとギャンブルの仲間たちに探りに行かせた。その後、資産管理をしている幾つかの銀行に連絡し、逮捕される事態になったとしても自分とスティーヴン、そしてメリックとで急ぎ国外逃亡できるくらいの現金が手元にあることを確認した。その後再度考え、必要とあらばレオノーラも連れ出せるよう、金額を増やした。たぶんその必要はないだろうが、万が一もありうる。

必要になったら直ぐにでも出奔することができるよう、片づけておくべき仕事を確認した。遠縁の親戚からの、望んでもいないし引き受けた覚えもない一族の長としての役割に対して要求をつきつける何通かの手紙に、そっけない返事を書いた。弁護士とは、不自然な行いで逮捕された場合にどう対処するか、腹立たしいほど率直な会話を交わした。何よりも、スティーヴンの部屋を訪ねたい、あるいはさらに何通か連絡の手紙を送りたいという欲求に必死で抵抗した。スティーヴンは自身の都合のよい時にしか現れないだろう。

メリックがまだ戻っていなかったので一人肉料理屋で食事を済ませ、『オール・ジ・イヤー・ラウンド』《娯楽雑誌》の最新号を興味半分で読みながらカウチに寝そべっていると、扉が開くのが聞こえた。

「ずいぶん遅かったな」顔を上げることなく、静かに近づく足音に呼びかけた。「で？」

答えはなかった。クレーンは腰に圧力を感じ、見下ろすと胸のボタンが勝手に外れていくのが見えた。

「やあ《ハロー》、スティーヴン」見回すことなく言った。

「やあ《ハロー》」スティーヴンは言うと、クレーンの残りのボタンが一つ一つ外れていく中、カウチの傍に跪《ひざまず》いた。

血と、骨と、鳥の唾液――そうスティーヴンが呼んだもの。それは、クレーン一族の血に眠る巨大な力を利用することのできる、根の深い古く奇妙な魔法だ。春に起きた事件は、ヴォードリー一族の哀れな遺体を使ってカササギ王《マグパイ・ロード》の魔法を手に入れようとした魔道士《ワーロック》の一団によって引き起こされた。スティーヴンは、クレーンの血を体内に取り込み、その魔法を取り戻した。三つ目の要素である〝鳥の唾液〟は田舎風の婉曲表現で、力を引き出す方法としてはあまり効率的ではないが、そもそもこの場合、行為の目的は力ではない。

いまやスティーヴンの口はクレーンの硬直を熱く飢えたように包み、その長さを上下しながら、滑らかな先端を舌で突《つつ》いた。ピリピリと電気を発する魔法の指先はクレーンの太ももと腰にあり、肌に踊るカササギたちの刺青《タトゥー》を撫で、クレーンの露《あら》わな快感に呼応して自身も昂ぶるにつれ、さらに強い電気刺激を発した。口だけでイかせようとしているようで、舌を長い血管に沿って上下して遊ばせ、唇を使ってありったけの力で締めつけ、程よい痛さで歯を使ったかと思えば、口を外して再び睾丸を責め始めた。クレーンは口が外れたじれったさにうめき声をあげ、赤褐色の頭を見下ろすと、ちらりと見上げるいたずらな視線と目が合った。

これは、よろしくない。クレーンは片手で巻き毛をつかみ、乱暴に引っ張った。「お前。口を戻せ。いますぐに」

昂奮したスティーヴンの両手が光の針のような刺激をクレーンの腰骨に送った。従順に再び

口に含むと強く吸い、きつく唇で締めつける。

「いい子《グッドボーイ》だ」クレーンは言った。「さぁ、今度は自分に触れ。喉の奥に私を感じたままお前も達するんだ。絶対に口を外すんじゃないぞ」

スティーヴンは口がいっぱいのままうめき声をあげて自らの股間に片手を下ろし、しゃぶり続けながら自分を激しくしごき始めた。もう片方の手はクレーンの太ももをしっかりとつかみ、放射される電気刺激はいまやなじみとなったスタッカートの律動を刻み始めた。

「本当に、好きものだな」クレーンは荒々しい口調で言った。「跪いて、私を口にくわえて、自分のモノを手に持って。もっと強く自分をしごくんだ。もっとだ」

スティーヴンがリズムを止めた。体を少し後ろに引くと、クレーンの硬直の陰から不明瞭な声で言った。「もっとしごくさ、あんたが僕の口をファックしたらね」

これを聞いて、クレーンの睾丸は痛むほどきつく収縮した。スティーヴンが汚い言葉を使うのは必死な時に限られていて、それは最高の絶望だからだ。

「この魔女が」小柄な男の髪をさらにきつくつかむと、引き寄せた。「口に物を入れたまましゃべるんじゃない」

そして腰を激しく動かし、許されると思う限り奥まで突き入れた。しゃにむに堪えて口と舌を使い続けようとしながら、太ももに置かれたスティーヴンの手は乱暴な扱いに悦んでさらに強い律動を発した。小柄な男はやがて喉の奥で悶えるような、切迫した音を立てた。くねらせた体のその両手から伝わる絶頂はガラスの破片のようだった。クレーンは自制をすべて捨て去って容赦なく突き上げ、スティーヴンの悲鳴を自分の器官を通して感じながら、激しく達して恋人の口の奥にぶちまけた。

スティーヴンはほんの一瞬窒息して喉を詰まらせたが、やがて飲み干した。クレーンはカウチに骨抜きになって横たわり、快感の余韻を味わった後、肘をついて恋人の様子を見下ろした。

小柄な男は膝を曲げてぺたんと座り込んで、唇を舐めていた。目の周りに疲れでクマを浮かべていて、顔に二、三か所傷をつけていた。いつもよりも薄汚い様子で、安物のスーツでそのまま眠ったかのようだった。というかむしろ、眠り損ねた、という表現が正しい。しかし、クレーンとのファックとおしゃぶり《サック》が与える快楽と魔法の複合作用で、黄褐色の瞳は黄金色に輝き、器用な口の端にいつもの挑発的な笑みが浮かんでいた。

クレーンはその体を引き寄せてキスをした。

「ところで」恋人に言った。「何か食べたか？」

二人は台所の簡素な木のテーブルに座り、スティーヴンが冷たいチキンパイをやっつける中、クレーンはワインを一杯飲みながら気の進まないニュースを知らせた。

スティーヴンは静かにラッカムの脅迫の話に耳を傾けた。聞いて食欲を無くした様子はなかったものの、瞳から輝きが消え、クレーンはその顔に浮かぶ疲労の色を見て、ラッカムへの憎しみが腹の中で硬くなるのを感じた。

「興味深い」ようやくスティーヴンが口を開いた。「僕ではなく、あんたのところに行くとは」

「君には金がない」

「その通りだ、しかし……。奴は最近の行動について、審犯機構《ジャスティシアリー》から目をつけられている。僕のところに手加減して欲しいと頼みに来ることもできた」

「職務の手を抜くよう頼みに行ったら、君はどう反応したと思う？　奴も完全なバカではない。君が拒否することは予想できたはずだ」

「それに比べて、あんたは素直に五千ポンドを出す？」スティーヴンが訊ねた。

「いや、だが、何かを提供してやるつもりではいる。多少の金と中国への渡航だ」

「本当に？」スティーヴンはフォークを置いた。「ルシアン――」

「これは二人だけの問題ではない」クレーンは言った。「私の友人も脅迫を受けている。そして、別の男が先週自殺した。彼も被害者だった可能性がある」

「その男も友人だったのか？」心配顔でスティーヴンが訊ねた。

「いや、唾棄すべき男だった、惜しくもない。もちろん、大部分は推測だが、この時期に別の上海の男が死を選んだことは偶然とは思えない。私の意見では、ラッカムは誰かに急いで金を払わなければならない状況なのだろうと思っていた。メリックがその相手について探っている。しかし君たちに目をつけられているのであれば、逃走資金を集めているのかもしれない。いずれにせよ、国を出る程度の資金を提供してやる用意はある」

スティーヴンは少し眉をひそめながらパイの最後の一口を嚙んだ。「僕らの方は、大した話ではない。まだ僕が知らないトラブルがあるのかもしれない」

「トラブルと言えば」クレーンは言った。「君の立場から見て、この状況はどのくらい悪いんだ？　頼むから、正直に言ってくれ」

スティーヴンはテーブルに両肘をつくとフォークの歯を親指でなぞった。「そうだな。審犯機構には、能力とは関係のない犯罪を取り締まる義務はない」考え深げにフォークの先端をつくと、金属の歯が花びらのように開いた。「もしラッカムが僕を犯罪人として協議会《カウンシル》か審犯機構に訴えたら、ひどい思いをするだろうし、恥辱にはなるけれど、それまでの話だ。審犯者《ジャスティシアー》は数が足りていないので、簡単に解雇されることはない」歯の一本を指でなぞると、螺旋状に形を変えるのを見つめた。「でも、罪を隠すために能力を使うのはまた別の問題ではある。僕らの、その――やっていることのせいで、警察に追われるようなことになったら、僕は常にそれなりの対処をするつもりでいた。つまり……」曖昧な仕草でフォークを動かした。

「能力を濫用して？」

「節度あるやり方で」

「そうだろうな」クレーンは乾いた口調で言った。「今回、それができない理由はあるのか？ラッカムにそれがバレたり、あるいは君が何かをやったと証明することができるのか？」

スティーヴンはすぐには応えなかった。一見、残る三本のフォークの歯に意識を集中しているように見えた。歯は三つ編みに編まれていく。

クレーンが財産を築いたのはこうした沈黙を安易に破らないでいたためなので、じっと答えを待った。

「もしも僕が監視対象になっていたら、それは難しい」ようやくスティーヴンが言った。「つまり、邪悪な魔法の使用や能力の濫用を疑われていたら、パートナーや同僚に行動を監視され、少しでも異変があったら報告され、厳しく処罰される可能性がある。監視リストに載った者は、既に疑いをかけられているから、容赦なく弾劾《だんがい》される。もし僕が監視リストに載っていて、何かの罪で警察に捕まって、その時に能力を濫用したら、大きな問題になる。でももし力を使わないかったら、それはそれで問題になる。逮捕されてしまうから。そうだね、状況は極めて悪くなるだろう」

「つまり、ラッカムは君をその監視リストに載せられる、ということか？」

スティーヴンはフォークの薄い金属の柄をゆっくりと折りたたんだ。まるで紙であるかのように。「いや。いや、それはできない。その心配は全然ない。フォークをダメにしてしまった」

「まだ何本もある」

「フォーク持ちだな」スティーヴンは歪んだ金属片をテーブルの上に落とした。「また後で話そう、ルシアン。ベッドに行きたい」

会えなかった日々の欲求不満を解消した後だったので、やさしく幸せな夜になるはずだった。クレーンはその夜スティーヴンから伝わる脆さを体の奥で奇妙な痛みのように受け止め、細心の注意を払ってやさしく愛そうと務めた。すがりついてくる小柄な体を抱き、首筋を撫でながら耳にキスし、スティーヴンの吐息が激しくなるまで敏感な耳たぶを弄《もてあそ》んだ。強く抱きしめながら体中にキスし、愛撫し、舐めまわした後、口に玉をやさしく含み、恋人があえぎ声をあげるまで舌の先で転がし、さらにオイルで濡れた指をその尻の穴に滑り入れ、焦らすことなく、ただ昂りが強まるよう、慎重に撫でるように押しつける。今夜のスティーヴンは温かく柔軟にすべてを受け入れていた。目を閉じて頭を反らすその顔を見つめるクレーンは、自分の中に温かい愛情の波が押し寄せるのを感じた。

「大丈夫だ。可愛い子《スウィートボーイ》、愛しい子《スウィートハート》」恋人の脚の間に体を差し入れるように動きながら、クレーンは囁いた。「私が君の面倒を見るから」

スティーヴンは大きく目を開き、ほんの一瞬、琥珀色の視線をクレーンと合わせた。何を考えているかを読み取ることはできず、無表情だった。首を横に振り、脚を上げると体をひねって反対側に顔を向け、跪く姿勢になった。

「スティーヴン?」

「こっちの方がいい」少しくぐもった声でスティーヴンが言った。

「それではキスができない」二人がファックしながらキスができるような体勢などなかった。クレーンは恋人に、顔が見えてもそこに苦悩を読み取ったりはしない、魔法の両手から伝わる感覚で、悦びを感じているのかあるいはいないのか、そんなことを指摘したりはしない――そう言いたくはなかった。「スティーヴン、本当にいいのか――」

「こっちがいい、ルシアン。激しくして。必要なんだ。お願い」

クレーンは抗議のために口を開きかけたが、思い直した。スティーヴンにはもちろん服従を好む嗜好があったが、時として、心を落ち着かせるために肉体を使うことがあった。極度の感覚に身を投じることで、見えないものを感知する能力やクレーンが知らないことを感謝するような記憶をどこかへ押しやるのだ。そうした時のスティーヴンは、クレーンが少し心配になるほど乱暴な扱いを求めた。そういう時、クレーンの中では、自分が物理的に圧倒的に大きく強く、小柄な恋人を本当に傷つけてしまうのではないかという恐れと、意志の力で人を殺すことのできる相手をぞんざいに扱っているという一抹の不安とが混じり合った。

しかし今夜のスティーヴンが何を求めているかは明らかだった。クレーンは恋人の欲求がいつもと違って自分の思いとあまりにも異なることが残念で、不合理だが腹立たしささえ感じた。

とはいえ、どうやらここ数日の仕事がたたっているようで、スティーヴンの意志は明白だった。

そもそも激しいファックを求める相手に、無理にやさしさを受け入れさせることはできない。

「こっちがいいんだな？」

「そう」スティーヴンは歯の間から声を出した。

「お望みとあらば」

クレーンは小柄な体を後ろからつかむと、ゆっくりとしかし止まることなく、一気にその長さを押し入れた。スティーヴンは悲鳴のような安堵のような声を上げ、クレーンは痛めつけるように突き動かし、突くごとにその大きさと強さを見せつけ、スティーヴンが大きく叫び声をあげるまで責め続けた。スティーヴンの首には鎖に通した金色の太い指輪があり、動くたびに揺れて胸に当たる音がした。クレーンは行為の間中相手を押さえつけ、細い肩をつかんでベッドに押しつけていた。やがて年下の男は絶頂に達し、断続的な震えと泣き声にも似た音と共に、背中のカササギの刺青が盛んに羽を動かした。

その後、スティーヴンは背中を向けて横たわった。クレーンはその肩の上から手を伸ばし、まばらな胸の産毛にやさしく指を這わせた。少しの間、静かに体を合わせて横になっていると、やがてスティーヴンの体の緊張がほぐれ、こわばった筋肉が柔らかくなっていった。

ようやくクレーンは声を発した。「話してくれるか？」

スティーヴンが応えるまで少しの間があった。「ラッカムが僕を監視リストに載せられるか、聞いただろ？」

「その答えはできない、だった。そうではないんだな」

「その必要はないんだ。僕はもうリストに載っている」

クレーンの手が止まった。「魔道士かもしれない者の監視リスト。君は疑われているということか」

「そうだ」

「いつから？」

「数週間になる。二日前に知った」

「なぜ？」

スティーヴンは首を振った。「それはどうでもいい」

「どうでもよくない！　君が魔道士だって？　そんなデタラメ、聞いたことがない。君だぞ！　そいつらは気が違っているのか？」

スティーヴンはクレーンの手に触れた。細長い指を電気刺激が温かく包む。「ありがとう、ルシアン。信じてくれる人がいて嬉しいよ」

「君のパートナーはどうなんだ？　なぜ彼女は君を守らない？」

スティーヴンの指がピクリと動いた。「彼女が、僕を監視しているんだ」

「クソ女！」

「彼女のせいじゃない」スティーヴンは言い返した。「本当は僕に話してさえいけないんだ。命令されたら、無視はできない」

「何を無視するって言うんだ？　どうしてそんな容疑がかかるんだ？」

「バカバカしいことなんだ」スティーヴンが言った。「本当、大部分は誤解だ。つまり、あんたなんだ」

「私？」

スティーヴンはため息をついた。「ルシアン、僕らが、毎回その、するたび、僕はまるで空が飛べるような気分になる。あんたと、僕と、カササギ王の魔法の力。それを隠すことができない。能力者《プラクティショナー》にはわかるんだ。僕に誰も知らない力の源があること、それが何なのか……」

言葉を詰まらせた。クレーンは意味を取ることができずに待ったが、恋人が言わずにいることが何なのかが急に理解された。

「人から力を奪いとっているのではないか疑われている、そう言いたいのか」クレーンは魔道士が他の人間の命を奪うことで、その力を吸い取る様を以前直接目撃していた。スティーヴンはその行為自体が魔道士の定義だと言っていた。「しかし、何でまた。君がそんなことをするはずがないじゃないか。彼らにだってわかるだろうに」

スティーヴンはピクリとした。「他に力を説明する方法がないんだ。僕にも説明できない。

どう受け取れと言えばいいんだ？」

「本当のことを話せないのか？」クレーンは数秒ほど考えてからつけ加えた。「少なくともパートナーにだけは。細かいことを話す必要はない」

「エスターに、僕らがベッドに行くと何が起きるか、話すことはできる」スティーヴンは言った。「でも、それは本当に言いたくない。あるいは、あんたが強大な力の源であることを話して、どうやって僕がその影響を受けているのか質問をされないように願うこともできるけど、もちろん訊かれる。そう、いずれにしても、エスターにあんたが源であることを説明して、彼女がその情報を協議会に持ち込んで僕を監視リストから外すことは可能だ」

「その通り。でも、君がそれをしないのは……？」

スティーヴンは体をひねってクレーンと向き合った。「能力者たちがあんたの力のことを知って何が起きたか、覚えている？」

「あいつらは魔道士だった」

「彼らは能力者だった。あんたは他に類を見ないほど強力な力の源なんだ。それがどんなことを引き起こすか、もう経験済みだ。覚えているだろう？　能力者の力への欲求に比べれば、金やセックスなんて、趣味程度のものだ。あんたはいわば歩く泉なんだ。どうなるかわからない？　飢えた犬の集団に肉汁たっぷりの骨のありかを教えるようなものだ」スティーヴンは半笑いを浮かべた。「ああ、本当さ。もし僕らが寝ることで何が起こるかを話したら、ここにはあんたを求めて半ブロックほどの行列ができるだろうね。協議会の半分が尻を突きだすよ」

「その協議会にいい男は？」

「いない」

「クソ」

「それはまだいい方だ」スティーヴンは続けた。「なぜなら、協議会の残り半分はあんたの好みなど気にかけることなく、どうやったらあんたの血を手に入れることができるかに腐心するだろう」

「それは君らの協議会の話だろう？　ちゃんとした連中ではないのか？」

「もちろん、きちんとはするだろうよ。〝研究の必要性〟があるとか、〝カササギ王の遺産に敬意を払うべき〟、とか。あるいは〝大義のための利用〟とか。でもそれは、あんたを捕まえて離さない、ということだ。ひょっとしたら僕にも会わせてくれるかもしれないけど――」

「会わせてくれる、だと？」

「この件では僕は同僚たちを信用していない」細い声だった。「そのくらい大事《おおごと》なんだ、ルシアン。少しでもあんたを利用したい、あんたを通して力を得たいという能力者が殺到して、僕はまだマシな連中からさえもあんたを守りきれないだろう。ましてや、最悪な奴らもいる」

　クレーンは指でスティーヴンの髪をすいた。「しかし、このくだらないカササギの話まで明らかにする必要があるのか？　君のパートナーは詳しい話をせずに協議会に説明してはくれないのか？」

「可能かもしれないけど、わからない。彼女に背負わせることになる。協議会に報告するのは義務だが、どこまで話すかは彼女が自分で判断する。すべてを話したら、僕を庇ってくれるかもしれない。ただ……」長い間があった。「それはやめておきたい」

「信頼しているんだと思っていたが」

「もちろん、しているさ」スティーヴンは応えた。「お互い命だって預けられる。文字通りね。誰かに話すとしたら、彼女だ。でも僕はいま、監視リストに載っているから、彼女は僕が魔道士になる可能性を受け入れざるを得ない。そしてやっぱり僕は、進んで話したくはない。誰も知らない方が安全だからだ」唇が笑いに似た形を作った。「能力者を信頼するのは危険なんだ。誰だって誘惑に負けることがある」

クレーンはスティーヴンの顔に浮かんだ苦悩に思わず目を閉じた。「私を守るために自分を犠牲にして欲しくない。私には君らのクソ協議会など関係ない」

「その通り。このままにしておく方がいい。僕は自分を犠牲にしてはいないし、能力を濫用してもいない。僕は魔道士ではないし、悪いことをしていないんだから、捕まることもない。監視リストはただの誤解に過ぎない。ただ、何か困ったことが起きた時に選択肢が狭まったというだけだ。僕が心配しているのはそれだけ」

もちろんそれだけのわけがなかった。クレーンはため息をついた。「たぶん私には君が逮捕されることを止めることはできないが、もしそうなった場合、わかっているだろうが、私の財産と影響力を総動員して君を守る。私の使っている事務所の弁護士たちは人間よりもウツボに近い輩《やから》だ」

「そう」

クレーンはその感情のこもらない言い方に眉をひそめた。「スティーヴン、私は本気だ。裁判になんかさせないし、服役なんて問題外だ。私にはそれを防ぐことができるし、実際にそうする」

「わかってる」スティーヴンはクレーンを見ていなかった。

「弁護士たちに君の名前を教えておこう」クレーンは続けた。「秘密は守る連中だ。私に連絡することなく利用してもらって大丈夫だ」

「でも、金を払うのはあんただ」

「できるからだ」クレーンはスティーヴンの無気力な反応に声を荒げた。「私には少なくとも金がある。財産も権力もなしで同じクソったれな状況に対処しなければならなくなる連中もたくさんいるが――」

「わかってる。ごめん。ありがとう」

「礼などいらない。一人ですべてを背負おうとするな。たまには助けを受け入れろ。世の中、そういうものだ」

スティーヴンは疲れた笑いを浮かべ、クレーンの腕の下、胸の中で丸くなり、応えることなく、ほどなくして眠りに落ちた。

第五章

翌朝クレーンはメリックがコーヒーを運び込んでくる音で目を覚ました。目を開くとトレーにはコーヒーカップが一つしかなく、同時にベッドの上に自分一人しかいないことを認識し、小さな罵り声をあげた。

「何か問題でも?」従者が訊ねた。

「いや。何でもない」

「デイさんが来なかったのか?」メリックはいつものように核心をついた。

「いたが、もういない」

「イッては、去ったわけだ」

「黙りやがれ」クレーンは起き上がってコーヒーをすすった。スティーヴンがいったいいついなくなったのかまったく気がつかなかったが、かの男はほとんど音を立てずに行動する術を持っていた。置き手紙一つ残っていやしない。いつでもそうだった。

　そこに問題は一つもない。なぜなら二人は互いに自由人で、好きに行き来するのが当然だからだ。腕の中で丸くなったスティーヴンを見つけ、ベッドで怠惰な悦楽の朝を過ごし、その瞳の黄褐色が微笑みと欲望で金色に変わるのを眺める方が望ましかったが、相手は明らかに忙しいようだ。クレーンはスティーヴンの仕事について余計な質問は一切せず、〝忙しい〟か〝忙しくない〟かだけで判断することにしていた。

　しかし忌々しいラッカムについてはもっと話をする必要があった。問題はそれだけだ。それさえなければメリックの言うようにスティーヴンが好きに〝イッて去った〟としても問題はない。クレーンが傷ついたように感じるのはおかしいし、スティーヴンがもう二度と戻らないのではないかという不安を感じるのはバカげていた。カササギの魔法やラッカムの脅迫のせいで、一人で生きた方が安全だと判断するのではないかと。

　ラッカム。クレーンは目を細めて部屋を片付けるメリックを見つめた。「きのう、何か成果は？」

「何も出ない」メリックは投げ捨てられた靴下を一つ拾い上げた。「賭け事の負けも、筋の悪い借金もない。誰も何も聞いてはいない。もしラッカムがトラブルに巻き込まれているのであれば、シャーマン方面のことだと思う」

「シャーマンとのトラブルは確かにあるらしい」クレーンは言った。「スティーヴンからそう聞いたが、しかしそれだけで逃亡する必要のあることではなさそうだ。結論としては、何かさらに別のトラブルを抱えているのだろう、ということだった」

「疑い深いお人だ、デイさんは。ラッカムさんはどうする？　脚の骨を折ろうか？」

「いや、まだだ」クレーンはコーヒーを飲み干した。「奴はレオノーラ・ハートを脅かしている」

「何だと」メリックの顔が暗くなった。「いっそ奴の首の骨を叩き折って終わりにする、ってのはどうだ？」

「少し様子を見よう。金曜日まで待つと奴は言った。それにこの国では節度のある行動をとる必要がある」

「お前がそう言うなら、閣下《マイロード》」メリックは不満げに言った。「デイさんの考えは？」

「大丈夫だと言っている。問題になることはない、と」

「信じるのか？」

「いいや。きょう一緒に事務所に来てくれ。ライムハウスにいてもらいたい。方々から借りを回収して、ラッカムに関してもう一押しする。借金を買い取ったり、昔の恨みを掘り起こしたり。奴をもっと窮地に追い込む」

「ははぁ」メリックが満足げに言った。「そういう、節度ある行動ね」

呼び出しがあったのは午後四時だった。

「閣下？」事務員が軽いノックで扉を開けた。「伝言が届いています。個人的な用件だそうで」

入ってきたのは少女だった。見映えはあまり良くない。貧相な顔で、尖った鼻に茶色の混じったブロンドの髪を不器用に頭の後ろで丸くまとめ、全体的にみすぼらしかった。顔は薄汚れているが、汚れは表面的のようだ。毎日体を洗っている様子はうかがえ、履いているブーツは許せる範囲で新しく、頑丈な物だった。都市暮らしの若者の年齢はわかりにくかったが、十五歳くらいに見えた。走ってきたと見え顔を上気させ、手に紙片を握りしめていた。

「あんたが、カッカ？」もごもごと言った。

「私がクレーン卿だ」

「へぇえ」目が畏敬とからかい混じりに見開かれた。印象的な薄い銀に光る碧眼だった。「では、クレーン卿、あんたに伝言がある」そう言って紙片を差し出した。

芝居のチラシの裏側に鉛筆でメッセージが書かれていた。

閣下《マイロード》
ご都合が許せば、伝言人と一緒にお越しください。仕事に関わる案件で、ぜひご助力が必要です。
S. デイ

クレーンは文面を見つめ、無表情でいるよう努めた。仕事に関することでスティーヴンが助けを求めてくることは想像を絶していたが、その文字は幾度か見た恋人の書き文字に似ていたし、内容は明らかに昨夜の会話とつながっていた。そして何よりこの呼びかけ方は……。

スティーヴンの声で発せられる〝閣下《マイロード》〟という単語は、敬称などではなかった。田舎の弁護士の息子として生まれた彼は、事務階級の大いなる誇りを持ち、ただ貴族であるというだけで冠せられる敬称の使用を頑なに拒んできた。クレーンに対しても、恋人同士となり、戯れが始まるまでは、使ったことのない呼び方だった。ベッドの中で（あるいはデスクもしくは壁に押しつけられて）発せられる〝閣下〟は、荒い息の下の服従の合図で、隷属への懇願、クレーンの欲望の導くままにして欲しいという完全降伏の印だ。クレーンの目には紙片は呼び出しのメモというよりむしろ恋文のように映り、スティーヴンがこれを書いたことを想像して、刺激が股間を直撃した。いったい小悪魔が何を考えているのかはわからないが、これを見たらこちらが走って駆けつけることを予想していたに違いない。

「すぐに行くから少し待て」そう言った。「メリック！」

クレーンはライムハウスの地理には比較的明るかったが、少女の後に付いて路地や裏道を歩いて十分ほどで、どこにいるのかわからなくなった。もちろん、完全に迷ったわけではなく、川の方向がどちらか、あるいはラトクリフ・ハイウェイがどちらかぐらいはわかったが、いま一人にはなりたくなかった。ここはロンドンの最貧困の街、行き交う顔も道も汚く、酒にまみれ、病が溜まり、飢餓が支配していた。中国人、インド人の水夫、船乗りなどが多くいた。クレーンが歩いて行くと、その身長と、完璧に仕立てられたスーツ、そして染み一つないシャツが裕福さを際立たせ、あちこちから強奪の対象、羽をむしるべき鳩を見るような視線を向けられた。

メリックには事務所で幾つか仕事を与え、置いてきていた。無法地帯に深く入れば入るほど、その決断を無駄に悔やむことに抵抗する羽目《はめ》になった。

少女がまた角を曲がり、日中でも陽の光が届かないと思われる細い路地に入ると、男が二人、後を付けてきた。振り返ると水夫のようで、クレーンは上海の港で使われる、髪が逆立つような暴言を続けざまに発し、命と財布への危険をけん制した。

「何やってんのさ」少女が訊いた。「来なよ」

「襲われて喉をかき切られるのはごめんだ」クレーンは二人の男をにらみつけた。

「心配しないでいいよ。あたしがあんたの面倒を見るから。こっちだ」

少女は低い扉をくぐり、暗闇へ滑り込んだ。クレーンは二人の男をさらに一にらみすると、狭くて暑い、嫌な臭いのする暗い空間に身を投じた。少女のスカートの影を追って幾つか通路を進み、やがて広めの部屋に出た。

窓はなく、ランタンのロウソクが数個灯っているだけだった。床板はむき出しで、壁には水滴が付いていた。調理されたニンニクとつんとする唐辛子、臓物と下水の臭いがした。

部屋の中には七人の人間がいた。うち四人は中国人で、用心深げな顔で遠い方の壁にもたれ、しゃがみ込んで何かを待っているようだった。残る三人は西欧人だった。一人は中背の体格のいい若い男で、明るい茶色の髪に鮮やかな緑の目で、四角い顎の持ち主だった。壁際に両手を組んで立ち、横には大きなズダ袋があった。隣には三十歳くらいの女がいた。服装は簡素で、きれいにシニョンにまとめられた暗い色の髪の持ち主で、オリーブ色の顔は魅力的というより強いというべき面立ちで、大きな栗色の目が印象的だった。

最後の一人がスティーヴンだった。安定の悪いテーブルの端に腰をつけて立ち、琥珀色の瞳が少し輝いていた。クレーンの視線を受け止めると、ほんの少し収縮した。

「こんにちは、クレーン卿。来ていただいて感謝します。助けていただけないかと思って」

「もちろんだとも、デイさん」クレーンはまたしても姿を消したことに対しての謝罪と、ラッカムの脅迫の本当の意味を話して欲しかった。小柄な男の赤褐色の巻き毛に手を絡め、抱き寄せてキスをしたかった。代わりに、小さく礼儀正しい笑顔を見せた。「いったい何を？」

「実は」スティーヴンは言った。「とある能力者《プラクティショナー》と至急話をしたいと思っている。いつもの通訳の都合がつかず、誰一人我々の言っていることを理解する様子がなく、ここにいる紳士方はこれ以上協力してくれるつもりはなさそうだが、それでは困る。できれば力づくで話をさせるようなことはしたくない。この場所にいるはずの能力者はボー氏とツアン氏、そのどちらかと至急話がしたい」

「やってみよう」クレーンは上海語に切り替えると少しの間慎重に丁寧に話しかけていたが、相手に協力する気がないことはすぐに明白になった。この時点で声を低くして、音量を上げて話し始めた。

「……い、い、いますぐそいつを連れてきやがれ、このクソまみれの最低の売春宿の梅毒腐れ野郎どもが！」最後に罵声を浴びせると、壁にへばりつくように立つ見張りの一人を残して、男たち三人が逃げるように部屋を立ち去った。スティーヴンを振り返ると、その顔は完璧な無表情だった。魔法遣いの同僚たちは驚愕と呆れ顔の中間の表情を浮かべていた。言葉の意味はわからなかっただろうが、その口調は理解できたからだ。少女はニヤついていた。

「あまり協力的ではなかったのでね」クレーンは説明した。「シャーマンたちは都合がつかない、と言っていた。いま、ある程度の地位のある人間を呼びに行かせた。何が問題なのか説明できるような人物を」

「シャーマンとは何だ?」体格のいい若者が訊ねた。低い声で頑固そうな視線を向けている。

「シャーマンとは中国の能力者のことだ」スティーヴンが言った。「紹介します。クレーン卿、これはピーター・ジャノッシ、そしてエスター・ゴールド夫人。ジェニー・セイントにはもう会っていますね」

クレーンは挨拶をつぶやきながら小汚い少女を振り返り、スティーヴンの審犯者《ジャスティシアー》チームの四人目のメンバーであることに思い至った。同僚たちについてはある程度話を聞いていたので、てっきりもう少し押し出しの強い面々を想像していた。ジャノッシは態度に不審を覗かせていた。セイントは常にニヤニヤ笑いを浮かべているような顔だった。ゴールド夫人はほんの少し首をかしげ、興味深げにクレーンを見つめていた。

スティーヴンから、ゴールド夫人がチームの上級メンバーであること、よくある一般的な解釈で男の付属品と思われることを嫌っているということを聞いていたので、次の発言を夫人に向けた。「ゲスの勘ぐりとは思われたくないが、このあと誰かがやってきた時、何を聞き出したいのか理解していた方が役に立てると思う。いったい何が起きている?」

能力者たちは素早く顔を見合わせて視線を飛ばしあった。エスター・ゴールドが言った。

「ドブネズミ」

「ドブネズミ?」

「そう、ネズミ」

「ネズミ問題さ」セイントが訳知り顔でニヤついた。

「街のパブに行けば、いくらでも駆除屋とその犬を雇うことができるのは、当然ご存じでしょうな」クレーンは穏やかに応えた。

「役には立たない」スティーヴンが言った。「ジョス、見せてさしあげろ」

ジャノッシはズダ袋の端を片足で開いた。クレーンは近づいて中身を覗きこんだ。

それは間違いなくドブネズミだった。黄色い歯をむき出しにした死体だった。両目が充血して膨らんでいる。以前スティーヴンの手にかかって死んだ男も同じ状態になったのを、クレーンは覚えていた。土色のぼさぼさの毛皮はチリとゴミで汚れて固まり、爪は灰色でウロコ状になっていて、むき出しの尻尾はピンクがかった色だった。ただ一点を除いては、何の変哲も無いドブネズミだった。

違いはその大きさで、体長は尻尾を含まずに約四フィート（約百二十センチ）、起き上がったら肩の位置で一フィート（約三十センチ）にはなっただろう。

「なるほど」クレーンはゆっくりと言った。「これではテリア犬では役に立たない。ゴールドさん、この一匹だけの話ですか、それとも他にもいると？」

「複数」

「それはよくない」クレーンは怪物を見下ろした。「何匹くらい？」

「わからない」スティーヴンが言った。「少なくとも二十匹。サイズの他は普通のネズミのようだから、〝何匹?〟という質問への答えは、よく言うように〝きのうの倍〟かもしれない。とても忙しい朝だった」そう続けると、一秒ほどクレーンと視線を合わせた。

「あなたは心配しなくていい」ゴールド夫人はやさしい口調で、しかしきっぱりと言った。「これは私たちの問題。ただ、中国人の能力者たちと話をする手助けをしてもらいたい。頼みたいのはその一点だけ」

ジャノッシが同意して頷いた。セイントがニヤリと笑った。スティーヴンは視線を素早く天井に向けた。

「ありがとう」クレーンは優雅に言った。「一つ聞きたいが、これにどうして中国が関係していると思うんだ?」

「どういう意味?」スティーヴンが訊ねた。

「なぜライムハウスで、なぜシャーマンなんだ? 本当にここが問題なのか?」

「どうして違うと思う?」ジャノッシが訊いた。

「誰か来た」エスター・ゴールドが言うと、全員の視線が入ってきた年配の太った中国人に向けられた。

「おぉ」男は叫んだ。「バンブー!」

第六章

クレーンは腕組みをしてリー・タンをにらんだ。何年も前からの上海での知り合いで、竹《バンブー》のようにひょろりと細身で背の非常に高い青年だった昔の愛称で呼ばれるほどには、親しい間柄だった。ここ数ヵ月の間に何度も会っていた。商売上の取引があるからだ。リー・タンにここまで極端に非協力的にされる理由はなかった。

「友よ、なぜこんなひどい仕打ちをする？」低い声で訊ねた。

リー・タンは質問には応えなかった。その顔は無表情だった。

「シャーマンには会えない」そう繰り返して、約三十回目だった。

「会えないのは我々にだけか、それとも他の人間にも？」

「シャーマンには会えない」

「ラッカムはここに来たか？」思いついて訊ねた。

リー・タンは特に気にする様子はなく、肩をすくめた。「来たとしても関係はない。シャーマンには会えない」

「お前はいつからシャーマン見習いになった？」クレーンは続けた。「彼らの米椀を磨いたり、面会予定を管理したりする時間などあるのか？　娯楽と飲み食いはどうした？」

「私は権限を持って話している」リー・タンは渋い顔でクレーンをにらんだ。

「お前がシャーマンを代理する権限を持っているというのか？」聴衆に聞かせる意図で声を荒げた。周りにはいまや英国の能力者《プラクティショナー》たちに加えて中国人が八人ほどいた。「誰がシャーマンに会えるかをお前が決めるというのか？」

　リー・タンの目つきはさらに鋭くなった。「私は権限を持って話している」

「シャーマンたちの名前は何という？」

「そんなことは関係ない」

「ボー氏とツァン氏、だな？　姓名は何という？」

「会うことはできない」

「そんなことは訊いていない。名前を言えと訊ねたのだ」クレーンは声を落とすとリーの目の周りがピクリと動くのが見えた。「なぜ名前を言わない？」

「友よ、これはお前には関係のないことだ。とっとと出て行ったらどうだ？」

「私は英国のシャーマンの通訳でしかない」クレーンは言った。「お前が直接出て行けと伝えたらどうだ？　私は何もしない。それよりも、お互い商売人だ、このシャーマンたちは好きにやらせて、二人でビジネスの話をしに行かないか？」

「きょう我々はお互いにただの代理の口でしかない」リー・タンが言い返した。「代理人である私の口が、シャーマンたちには会えない、と言っている。私の助言は、バンブーよ、お前の耳が私の口の言っていることをきちんと聞け、というものだ」

「私の耳はお前の言っていることを聞いているよ、太っちょの友達」クレーンは言った。「とってもよく聞こえた」

クレーンはつかつかと審犯者《ジャスティシアー》の小さな一団の許へ戻った。

「それで？」ジャノッシが訊ねた。

「ダメだ。リー・タンはシャーマン以外のことであれば喜んで助けてくれると思うが、その助けもおそらくガラスのハンマーほどの役にも立たないだろう。彼らには協力するつもりはない」

「へぇ？」セイントが言った「そんなのはあいつらの勝手な問題でしょ？　あたしらには関係ないよねぇ？」

「もちろんだ」ジャノッシはエスターとスティーヴンを見た。「突入しよう。ドブネズミを追って、どこへ向かっているのか調べよう。だいたいなぜ自分の街なのに、許可がいるんだ？」

「ここの人々とは何年も時間をかけて互いに歩み寄ってきた」スティーヴンは言った。「昨年夏のアーバスノットの事件を覚えているだろう。いま、集団で突入したら――」

「次回から協力するようになるさ！」ジャノッシは言葉を遮ったが、スティーヴンが一にらみするとE目に見えて萎縮した。

ゴールド夫人は頭を振っていた。「歩み寄りがあるようにはとても思えないわ、ステッフ。それにこの事件はライムハウスだけの問題ではない、外にも広がっている」

「来ているのは外から、それとも内から？」クレーンが訊ねた。

「どういう意味？」

「ネズミたちはライムハウスの内側から出現しているのか、それとも外からここに向かって集まっているのか？」

エスター・ゴールドは頭を片側に傾けた。「ここから現れているのか、集まってきているのかはわからない。多数がこの辺りに来ているらしい。これ以上わからないのは、能力者に話すことができないから」当てつけるように加えた。「調査を進めるべきだと思うわ、ステッフ。中国人が気に入らなくても、ここは英国で、中国ではない。人が死んでいて、相談をさせてくれないのであれば、こちらから相談する筋合いはない」

スティーヴンは渋々と同意するように小さく肩をすくめ、口を開いたが、クレーンが言った。

「ちょっと待って」

「何？」スティーヴンは訝しげな顔で言った。「何か問題でも？」

「私の意見では」クレーンは言った。「君たちの領域に口を挟むつもりはないが――」

「そうお願いしたいよ！」

「黙れ、セイント」スティーヴンが言った。「でも？」

クレーンは肩越しにリー・タンを見やった。「でも、中国は私の領域だ。そこで――私の意見では、いまここですべきことは、にっこり笑って頷いて、立ち去ることだ」

「何だって？」ジャノッシが気色ばんだ。

ゴールド夫人は我慢の限界に達したような顔をしていた。「忘れていらっしゃるかもしれませんが、閣下《マイロード》、いま床には巨大なネズミが転がっていて、この辺りには他にもウロウロしているので、対処しなければならないの」

「巨大ネズミは見えている」クレーンは言った。「リー・タンにも見えたし、見ても驚かなかった。いますぐ、ここを立ち去るべきだ。私ならそうする」

「なぜ？」

「説明は後でいいか？」

「いいえ、なぜいま説明できないの？」エスターの声は固かった。

クレーンは形だけの笑いを向けた。「そこにいる友人たちに聞こえるところでこの話をしたくないからだ」

「でも誰も英語を話せない――」エスターは急に話を止めた。「なるほど。そういうこと」

「クレーン卿」スティーヴンが遮った。「ここを立ち去れというのは、あなたのプロとしての意見？　軽々しく判断できる事態ではない。政治が絡んでいるし、死人が出ている」

「いや、軽々しい判断ではない。そしてそう、私のプロとしての意見だ」

スティーヴンは背の高い相手をじっと見つめた。やがて頷くと、仲間の方を向いた。「わかった。もう行こう。クレーン卿、中国人に伝えて欲しい……。何でもいい、あなたに任せる。必要になったら、また戻ってこよう」

「何だって?」ジャノッシは信じられない様子で言った。エスターも驚きの声をあげた。「ちょっと?」

「僕の判断だ、エス」スティーヴンが告げた。「皆、付いてきて。話は後だ」

エスターは疑わしげな視線をパートナーに送ったが、渋々うなずいた。「わかった。ジョス、ネズミを持って」


顔を伏せ、目的を果たせないまま、小さな一団は通路と路地の迷路を抜けて比較的空気の良いライムハウスの通りへ姿を現した。

最後尾を歩いてきたクレーンは、低い声で怒鳴り合っているスティーヴンとエスターに歩幅を広げて追いついた。

「あの人はバカじゃないからさ、それが理由だ!」スティーヴンが言い切った。

「でも能力者でもない」エスターが高い声で返した。「いったいどんな訳があって彼の意見が私よりも信用できると言うの？」

「失礼」クレーンが呼びかけると、二人の審犯者は同時に振り向いた。「お邪魔して悪いが、ここを離れる前に我々として確認しておくべきことがある」

「我々なんて言われる筋合いはない」エスターは憤りをあまり抑えることなく言った。「通訳をしていただいて感謝していますが、この件にはこれ以上関わっていただく必要はない。あなたには関係のないことだから！」

「話を聞こう、エス」スティーヴンの声は疲れてイラついているように聞こえた。「何です、クレーン卿？」

「誰かこの辺りで屋根の上を見ることのできる場所を知らないか？　高い塔か教会の尖塔のような」クレーンはポカンとした顔の面々に付け加えた。「私はライムハウスのこの辺りの地理にはまったく不案内なのだが、すぐにも屋根の上が見たい。もうあまり時間がないかもしれない」

「何のために？」ジャノッシが訊ねた。

「仮説を試すために」

「仮説だって？」

「セイントが屋根に行ける」スティーヴンが言った。「何を探せばいい？」

「もう、いい加減に――」エスターがいまにも爆発しそうな癇癪を抑えるように言った。

「旗竿を探せ、ミス・セイント」クレーンが説明した。「一つか、あるいは複数あるかもしれない。煙突か壁の近くによく目立つように立ててあるはずだ。旗が何枚か付いているかもしれない。そして、中には必ず赤く細長いものがある。その上に――鉛筆を貸してもらえるか？ありがとう。四角くて赤い旗にはこのシンボルが描いてあるだろう。〝シンボル〟という時――」クレーンはこの八ヵ月間の、英国で中国語が通じない苦労を思い起こしながら言い添えた。「これとまるきり同じもののことだ。別の線が入っているものもあるが、それは違う」

セイントは悪意のある視線を向けたが、文字が描かれた紙片を受け取ると身を屈めて近くの路地の奥に消えた。残った者たちは、歩行者やうろつく人々を避けて、道の角に集まった。ジヤノッシがついてきた物乞いをにらんで追い払った。

エスター・ゴールドはセイントを見送った後、腕組みをしてクレーンに向き直り、我慢の限界をむかえた者の口調で言った。「それで、旗竿がいったいいまのこの深刻な問題と何の関係がある？」

クレーンは辺りを見回した。「できれば人に聞かれない方がいい」

スティーヴンが指を素早くひねった。通りの音が急に聞こえなくなった。「聞こえない。続けて」

「探してもらっている旗竿は幽霊標《ゴーストポール》だ」クレーンはレンガ壁に肩をもたれた。壁は陽光で温まってはいたが、長期の湿気でまだ少しじっとりとしていた。「非常に古くからのシャーマンの慣習だ。人が死んで、葬儀の準備の間、魂がどこかへさまよい出てしまう可能性があると信じられている。出て行った魂が元の体への帰り道を見つけられないと、悪霊となり、時には人の体を乗っ取って殭屍《チャンシー》と呼ばれる吸血鬼となる。ゴーストポールは遺体が安置されている場所の目印として、魂が戻ってこられるように立てられる」

「それで、いったい誰のさまよえる魂が迷子になると言うんだ？」スティーヴンが訊ねた。

クレーンはすぐに笑顔を返した。「それが問題だ。つまり、ゴーストポールは中国本土でさえもいまやあまり見かけないものだ。ましてや英国に住んでいる中国人が葬儀の儀礼をどこまで重んじるかは疑問だ。古めかしい儀式ならば尚更のこと。ただし、死んだ時に何があっても必ずゴーストポールが立てられる、ある階級の人間たちが存在する。死んだことをどんなに隠したくとも、いかに現代風を気取っていても、魂の存在を信じていなくても、彼らのためにゴーストポールを立てないのは、気が違っている」

エスターはわずかに眉をしかめた。「その人間たちとは？」

「シャーマンだ」クレーンが言った。「能力者たちだ。シャーマンの魂が迷ってしまったら、凄まじい悪意と腐敗の塊のような吸血鬼となる。他意はないぞ」

しばし沈黙があった。

最初に口を開いたのはジャノッシだった。「からかっているのか？」

「いや、違う」スティーヴンが言った。

「シャーマンたちは死んでいると思うのね」エスターが腕組みを解いた。「それで会えないと言っていたの？」

「どんなに強引に訊ねても、リー・タンは頑なに彼らの名前を言おうとしなかった。そこには意味がある――名前を言うことで、まだ葬儀が終わっていない魂を呼び寄せてしまうからだ。そもそもシャーマンが誰に会うかを決めるのはリー・タンの役目ではない。シャーマンは誰にもそんなことはさせない。会いたい人間に会うだけだ。隠れたりはしない。さっきの会話はどの点を取っても納得できないものだった。彼らが既に死んでいることを隠そうとしているのでなければ、理解ができない」クレーンは両手を上げた。「確証はない。ただの推測だ。間違いかもしれない。しかし私の意見では、単に協力をしたくないのであれば、もっとわかりやすくその意図が伝わるような手段をとったはずだ。私の勘では、シャーマンに会えなかったのは、もうこの世にいないからだ」

「どのくらい最近の出来事だと？」エスターが訊いた。

クレーンは肩をすくめた。「もしゴーストポールが立っていたら、三日以内に死んだはずだ。私にはそれしかわからない。気をつけて欲しいのは、リー・タンは私をごまかそうとしていただけではなく、周りの仲間たちに聞かせるように話していた。秘密にするよう、命令されている。ここには他に中国人シャーマンはいるのか？」

「我々と面会を許可された者は他にはいない。そもそもあまり交流を持つつもりはないらしいから、何とも言えない。ラッカムが唯一の連絡係だったが、彼は――」スティーヴンは明らかに使おうとした言葉を変えた。「彼は都合がつかなかった」

「セイントが戻る」エスターが言った。

少しすると、少女はゆるりと角を曲がって姿を現した。生意気そうな笑みを浮かべていたが、皆が一斉に振り向くと真顔になった。エスターが訊いた。「それで？　旗竿は？」

セイントは頷いた。「二つ見えた、言った通りのが。いったい何のこと？」

「それはそれは」スティーヴンの目が一瞬温かい光をたたえてクレーンを見たが、すぐに方向をそらした。「見事な推理でした、閣下。それで、二人はどうして死んだと？」

「ネズミさ」ジャノッシが言った。

「あるいは肋骨の間のナイフ」クレーンは意味ありげに言った。

エスターの濃い眉が収縮した。「なぜ？」

「私が本当にこの場所の問題なのかと訊いたのには訳がある。それと関係している。よかったら私のオフィスに来ないか？　他にも役に立ちそうな情報があるが、説明に少し時間がかかるかもしれない。それに、うちの男、メリックを使うこともできる」

「う、うちの男？」ジャノッシが思わず言った。

「静かになさい、ジョス」エスターが言った。「クレーン卿、もしセイントが旗竿の立っている住所を調べてきたら、中国人たちを通して、彼らが能力者だったのかどうか、そしてなぜ死んだのかを調べることは可能？」

「やってみることはできる」

「いいわ。セイント、戻って旗竿の住所を確認してから、クレーン卿の事務所に来て。一人で勝手な真似はしないように。行きましょうか、閣下」

第七章

到着すると事務所にはメリックしかいなかった。クレーンは手短に紹介を行い、二人は三人の審犯者《ジャスティシアー》と共にクレーンのオフィスで、ジャノッシが床に放ったネズミを見下ろして立っていた。

メリックは考え深げにブーツの足先で死体を突いた。「巨大ネズミ。スマトラの関係かな、閣下《マイロード》？」

「まだわからない」

「スマトラって何だ？」ジャノッシが訊ねた。

「国です、サー」メリックが礼儀正しく応えた。「スンダ諸島の一つ。カンプチアから南下すると、突き当る。ウィレッツ氏と関係があるということか、閣下?」

「私もそれが疑問だ」

「説明していただいて構いませんよ」スティーヴンはデスクの端に足をぶらつかせて座り、クレーンは先日の白昼夢のことを考えずにいるのに一苦労した。

「旅人の土産話だ。それも特定の、デイヴィッド・ウィレッツというジャワの男の話。商人で、放浪者で、話をするのが何よりも好きな男。奴の話によれば、スマトラは魔法と邪悪な呪術と、悦楽、そして美しい原住民の魔女――そんなもので溢れている」クレーンはエスターを見て軽く頭を傾けた。相手は目を丸くして見返した。スティーヴンは息を詰まらせた。「私やメリック、それから奴と酒を飲んだ誰もが、スマトラの巨大ネズミの話を一度は聞いている。犬並みの大きさの、ドブネズミ」

スティーヴンは足の動きを止めた。エスターは両手の指先を合わせた。

「ジャワの男をそう多くは知らない」クレーンは続けた。「だからこれがウィレッツ一人の話なのか、広く流布している伝説なのかはわからない――」

「他では聞いたことがない」メリックが加えた。

「そうだな。私たちの知る限り、スマトラの巨大ネズミはウィレッツの話だ。そして私がこの話を持ち出した理由はウィレッツが死んだからだ。殺された――肋骨の間に刺されたナイフで。先週、ポプラーでの話だ」スティーヴンは口笛を吹いてエスターと目配せをしあった。「ロンドンで巨大ネズミについて話を訊きたいと思った男がつい最近殺されていたのは、あるいは偶然かもしれない――」

「原則として偶然は気に入らない」エスターが言った。「誰に殺されたの？」

「不明だ。聞いた限りでは、刺されて川沿いに放置された」

「でもたくさんの人間が話を聞いていると言ったわね。だから、口封じに殺されたわけではない」

「たくさんというほどではありません、マダム」メリックが言った。「ウィレッツさんには英国に知り合いはそういなかったし、彼の話は、えー、その――」

「女性の前で話すのには不適切だった」クレーンが補足した。「トレーダーズ、極東貿易《ファーイースタン・マーカンタイル》クラブのメンバーや、奴と酒を飲んだ者は聞いているが、礼儀正しい席で進んでするような話ではない」

スティーヴンは眉をひそめた。「どんな話だ？」

「気にしないで」エスターが添えた。「私は既婚者よ」

「そこそこ長い話だ。よし、できる限り細かいところまで思い出してみよう」クレーンは目を閉じた。暑い夜、足の下の温まった砂、海の音の記憶を思い返す。「あれはどこだった、メリック？」

「海南《ハイナン》。海岸だ」

「そうだ。ココナッツの香りと蝶番油の味がする液体を飲んでいた」

「発酵した何かだ。あいつはお前にコプラを大量に売りつけようとしてた。お前がネズミに向かって靴を投げたら、面白い話を聞きたいかと言い出した」

「そうだ」クレーンは記憶が蘇ってくるのを感じた。「始まりはジャングルだ。奴はジャングルが好きだった。テムズ川で死ぬなんていやだったろうな、気の毒に」

「それで、道に迷った」メリックが続けた。「ウィレッツさんには珍しい話ではない。川をカヌーで下って急流をいくつも越えて、暑さの中で二日間生き延びた後——」

「とある村へ辿り着いた。村の家々には誰もおらず、とうに消えたかまどの火の上には鍋が放置され、動物も人もいなかった。樹木や小屋に奇妙な痕がついていた。地面には血の痕があった」

「奴はバカみたいにその村で夜を過ごすことにしたら、夜半に槍を持った男たちが現れ、目隠しをされて洞窟へ連れて行かれた」

「ここからが、いかにもウィレッツらしい話になる」クレーンは言った。「奇妙な古い彫刻で飾られた洞窟の奥で、驚くほど美しい、何かの神の巫女だという半裸の女性に出会う。彼女は一目で彼と恋に落ちてしまう。奴の話では、原住民の美しい女性は大抵すぐに奴に恋するようになる」エスターの方を見た。「この直後の話は端折ってもいいだろう。続きはというと、彼女は自分が……正確に、何だったか……〝赤い潮流〟の器なのだと語る。それは彼女の仕える神に栖つく愚か者たちを滅ぼすのだ、と。一方で、もう一人神官がいる。黄金の仮面をつけた原住民の巨漢だ。当然、ウィレッツと巫女が懇《ねんご》ろになったことに嫉妬している」

「そうそう」メリックが言った。「黄金仮面の男が騒ぎ立てて、巫女の神に仕える役目がどうとかいう話があって、召使の女が出てきてその女もまたまたウィレッツさんに恋してしまうんだが、それが実は黄金仮面の仕組んだ罠だったという話だよな？」

「何それ」スティーヴンが言った。「まだ長い？」

「これでも端折って話している」クレーンは言った。「ウィレッツは一晩中でも話を続けられた。巫女との話、召使女との話、それから巫女と召使両方一度に、という話と」

　エスターの眉が引き上がった。「そこも端折っていただいて結構」

「というわけで、結局どうなるかというと、巫女がウィレッツさんと召使女に対して〝赤い潮流〟を呼び起こすんだったよな？」メリックが続けた。「ただ、召使女にはそれがわかっていて、なぜならその頃にはウィレッツさんに本気で恋しちまっていたからで」――エスターが重いため息をついた――「身を守ってくれる物を渡されるんだ」

「黄金仮面の男の持っていた守護札《アミュレット》だ」クレーンが補足した。

「そしてその〝赤い潮流〟がやってくるわけだが、それが何かというと、巨大ネズミの集団なんだ」

「怒り狂った何百匹ものネズミが、奇声をあげながら、腐臭漂う毛むくじゃらの激流となって襲った」この部分をクレーンは鮮やかに覚えていた。「襲われた召使女と黄金仮面の男は歯と爪で骨にされてしまう。ウィレッツは気を失うが、守護札を持っていたために被害に遭わずに済んだ。この部分の話は実に真に迫っていた。巨大な重い動物にのしかかられ、むき出しの尻尾に絡まれる感触、濡れた硬い腹が顔にベタっと触れた時の臭い、体中を爪が這い回り、押しつけられた時の気分。とても説得力があった」

「ああ、話が上手かったな」メリックが同意した。「やがて女が満足してネズミが去ると、ウィレッツさんは生きていて、黄金仮面は死んでいる。それで……何だっけ？」

「巫女が永遠の愛を誓うと奴もそれに応える。しかし、翌朝目を覚ますと女は別の神官に首を絞められて冷たくなって死んでいた」

メリックは首を振った。「違うな。確か、巫女はウィレッツさんに新しい黄金仮面になって欲しいと頼むんだ。断ると彼女が衛兵を呼ぶんだが、そこでウィレッツさんが巫女は神を冒瀆していると言い張って、衛兵が彼女の首を絞めている間、逃げ出すんだ」

「いったいどうしてそこが食い違う？」スティーヴンが訊ねた。

「終わり方は何度か変わったんだ」クレーンが応えた。「この間トレーダーズで誰かが話していたバージョンでは、女はウィレッツと駆け落ちするために巫女としての義務を投げ出すんだが、一緒に船に乗り込む前に裏切られた神が差し向けた殺し屋に襲われてしまう。いずれの場合も、女は死ぬ」

「言われてみれば、そうだな」メリックが言った。「あの人の話に出てくる女たちはひたすら追いすがってはきたが、死ぬのは珍しい」

「それはさておき。以上がとても大雑把な話の骨子だ」

「あまり信ぴょう性のある話とは言えないな」スティーヴンが言った。「興味深い点はあるが」

「それは本当だ」ジャノッシが加えた。

エスターがゆっくり頷いた。「この話のどのくらいが真実だと思う?」

クレーンは肩をすくめた。「ウィレッツが盛んに旅をしていたのは事実だ。そして世界のあちら側の方が不思議なことが堂々と起きることも確かだ。とはいえ、奴はある種のことについてはひどい嘘つきだった。特に女性に関しては。しかし奴の話は常に、例えるなら布に刺繡を加えていたものの、布自体が完全な作り物とは思えなかった」

「蟹男の話は、かなり起きたそのままの話をしていたぞ」メリックが言った。

「何だって?」

「い、いや」

メリックは同情する様子なくニヤリと笑いを浮かべた。「奴があんな面白い話を黙っていると思ったか? 実に巧みな話しぶりだったな」

「あんの……男は、既に死んでいることを幸運と思うがいい」クレーンは言った。「お前とは後で話す、この裏切り者。とにかく、話がある程度正確だった可能性はあるが、どのくらいかはわからない」

　エスターは眉をひそめた。「巫女はどうやって〝赤い潮流〟を呼び寄せたの？　どのくらい詳しい描写があった？」

「それは覚えていない。ウィレッツは恐るべき記憶力の持ち主だったので、かなり細部に渡っていたと思うが、私にはそれほどの記憶力はない。メリック？」

　メリックは首を振った。「歌を歌ったのではなかったか？　詠唱《チャント》のような？」

「恐るべき記憶力というのは、どの程度の……」スティーヴンが言った。

「抜群によかった。誰よりも早く外国語を習得したよ。一流の耳の持ち主だった」

「例えば聞いた歌を繰り返せるほどに？」

「あり得る話だ」

　エスターは頷いた。「守護札はどうなった？」

「見当もつかない」

「ネズミはどうやって去った？　どこへ行った？」

「それについては何も覚えていない」

「あるいは、どこから来たのか？」

「すまない。ウィレッツは語っていたかもしれないが、私は忘れた」

　ジャノッシは憤りの音を発した。「話を聞きたかったただ一人の男が死んでいるとは。もっとも、そのせいで死んだのだろうが」

「そう考えざるを得ないな」スティーヴンが言った。「さてと。凶器として使われた巨大ネズミ。その召喚方法。守護札。それを持っているか召喚の歌を知っているかもしれない男は、先週ポプラーで刺されて死んだ」

「イーストエンドで発生してライムハウスに押し寄せている巨大ネズミ」エスターが続けた。

「死んだ二人の中国人能力者《プラクティショナー》」

「そしてラトクリフ・ハイウェイの死体だらけの家」ジャノッシが深刻な声で言った。「偶然か、それとも誰かが新しいおもちゃを試しているのか？」

「そこが思案のしどころ」エスターが言った。「セイントが来るわ」

数秒後、玄関扉を叩く音がした。メリックが少女を中に入れると、エスターがざっくりと状況を説明した。二人が話している間、クレーンはスティーヴンに近寄るとデスクの上に座った。

「面白い一日？」

「ご覧の通り。きょうはありがとう。助けてくれるとは思っていたけど、ここまでしてくれるとは思わなかった」

「君のためならどこまでも尽くすよ」クレーンは軽く言うと、スティーヴンの視線がちらっと向けられるのを感じた。

「あんたに借りができた」スティーヴンは同じく軽い調子で返した。「是非回収してくれ」

「そうするよ」クレーンは声にほんの少しの約束をこめた。「それで君はウィレッツの話が戯《たわ》言《ごと》以上の何かだと思うか？」

「殺されたことが話に信頼性を与えた。もちろんただの偶然かもしれないが、あんたは僕が偶然をどう思うか知っているだろ」

「狂犬病の犬をはねつける勢いで、嫌っているな」

スティーヴンはクレーンに向かって片側の口角を上げて笑みを浮かべると、仲間たちの方を向いた。「それではみんな、これからの行動計画だ。シャーマンがどうやって死んだか、それがネズミと関係しているのかを調べる必要がある。ウィレッツの事件についてももっと情報がいる。最も重要なのは、ネズミがデタラメに出没したのか、特定の場所に召喚されたのか、その証拠を見つけることだ。ロンドンにスマトラ出身者はたくさんいますか、クレーン卿？」

「私の知っている限りさほどはいない。水夫の中には、あるいは。移民で多数が入って来ているわけではない」

「スマトラって中国と同じ？」セイントが訊ねた。

「違う《ノー》」メリックとクレーンが強い口調で同時に言った。メリックはつけ加えた。「二千マイルは離れている。人が違う。言葉も違う」

「お二人の内どちらかスマトラ語を話せる？」エスターが分け入った。

「マレー語だ。話せないが、メリックの混成語《ピジン》は悪くない。と言っても、ここで生き延びている者は皆英語を話すし、地球のこちら側でマレー語を話す人口は極めて少ない」

スティーヴンは頷いた。「セイント、住所はわかったか？　よし。メリックさん、シャーマンに何があったかを調べるために力を貸していただけるか？」

「喜んで、サー」

「ありがとう。セイント、メリックさんを旗竿の立っている家に案内して、お助けしろ。無茶はなしだぞ。いざこざに巻き込まれるな」

「それはお前も同じだぞ」クレーンがメリックに言った。

「エスター？」

「私はラトクリフ・ハイウェイの周辺を嗅いでくる。目的を持って召喚されたのであれば、予行演習だったかもしれず、召喚者は近くにいた可能性がある。ジョス、私に着いてきて。スタッフ、そっちに必要でなければ、だけど」

「いいや、僕はウィレッツ氏の死を調べる」スティーヴンは言った。「召喚が意図的なものかどうかを調べることが先決だ。クレーン卿、お忙しくなければ――」

「君をトレーダーズに連れて行こう」クレーンが進んで言った。「ジャワで商売している男たちがいるし、ウィレッツについて英国で他の誰よりも知っているのは彼らだ。それにスマトラの伝説について知っているかもしれない研究者もいる」

「素晴らしい」エスターが手を叩いた。「クレーン卿、どうもありがとう。この件、他言無用であることはお伝えするまでもないですね？　よろしい、セイント、紳士方、明日は十時に診療所で。それまでに壊滅的な事態にならない限り。さぁ、皆それぞれ行って」

「デイさん、ここの戸締りをさせてくれ。終わったらトレーダーズにお連れしよう」皆が出ていく中、クレーンはシャッターを閉じて回った。

最後の一人が外に出た後、扉にボルトを通すと、スティーヴンの腕が後ろから腰に回されるのを感じた。

「やぁ《ハロー》」腰をひねって振り返り、スティーヴンの古びたジャケットの下に手を滑り入れた。

「こんにちは《ハロー》」スティーヴンは少し体を傾けてクレーンの胸に頭を休めた。「そしてありがとう。あんたって、どっちかというと素晴らしいよ」

「魔法の指を持つ男が何を言う」クレーンは自分の長細い、普通の指でスティーヴンの巻き毛を撫でた。「今朝は何時に出た？」

「四時くらい。できれば朝までいたかったけど、このネズミ騒ぎのせいで」

「ラトクリフ・ハイウェイで何があった？」

スティーヴンの腕に少し力が入った。「三日前、下宿屋を襲った。ネズミの大群。生き残った者の証言では二十四以上」

「生き残り。誰が死んだ？」

「逃げられなかった者全員。レース編み女職人、その赤ん坊と二歳の子供、義足の水夫、肺を病んでいた者。ネズミたちは地下室の扉から侵入して家中を荒らした。そう、まるで潮流のように。逃げられる者は逃げた。家に戻ると、ネズミたちは去り、齧られた遺体が五つあった」

「なんと。なぜ新聞《ブロードシート》に載らなかった?」

スティーヴンは片方の肩をすくめた。「そうだな、こうした事件の際に騒ぎ立てないでおこうという方針がある。無駄な不安を煽るなということだ。生き残りの人たちは発熱とか腐ったジンにあたったとか、そういう名目で手当てを受けていて、人々を殺したのは狂犬だということになっていると思う」

「目撃者は皆、何も見なかったことにされているのか?」信じがたい思いでクレーンが言った。

「見たと思ったことがそのまま本当に起きたわけではない、と伝えられている。幾人かにとっては、それが救いになると思う。わからない。仕事から帰宅した気の毒な男が、妻と子供たちが死んだのは巨大ネズミに嚙み刻まれたわけではない、ということに救いを覚えるのかどうか、僕にはわからないよ」スティーヴンは息を吞み込んだ。「僕はその男の顔を見たんだ、ルシアン。警察官が彼に、家族は皆亡くなって、遺体を見ることもできないと伝えていた。その日に新しい仕事が決まって、妻に知らせようと帰宅した男に。持っていたバスケットには、子供たちのための菓子が入っていた」

「ひどい」

「僕らは最初何かの事故だと思った。偶発的な、奇怪な事件。逃げ出したペットとか、何かの実験の失敗とか、そういう。それだけでも十分にひどい。それがもしネズミたちが召喚されたのだとしたら。つまり偶発的ではなく、故意に引き起こされた事件なのだとしたら……」

「ゴールド夫人は予行演習と言っていた」クレーンは言った。「何の演習だ？」

「ネズミを操る訓練だろう。呼び出して、引き揚げる。殺すのを見ている」

「ラトクリフ・ハイウェイは魔法の実験を行うには賑やかな場所だ」

「うーん」スティーヴンが言った。「実は語呂合せの悪ふざけなんじゃないかと思っている。ラ、ラ、ラットクリフ」

「もしそうなら、君は犯人を、頭の後ろで笑っているような顔に変えるんだろうね」

「エスターが先にやらなければね。彼女にはユーモアのセンスがまったくない」スティーヴンはさらに少しの間クレーンに抱きついていたが、やがて深いため息をついた。「トレーダーズに行く前にラッカムについて話す必要はある？」

「私に任せてくれ」

スティーヴンは動きを止めた。クレーンを見上げられるよう、数歩下がった。「僕は子供じゃない、ルシアン。ラッカムはあんただけの問題ではない。あんたに守ってもらう必要はない」

「そう、君は巨大ネズミの襲来を止めなければならないし、誰が奴らを呼び出した殺人狂なのかを突き止めなければならない。そっちに集中してくれ。その間にラッカムは私が対処する」

スティーヴンはじっとクレーンを見上げていたが、しばらくして少し肩を落とした。「あんたの言いたいことはわかるけど――」

クレーンはため息をついた。「自分を弱いと感じることなく、助けを受け入れることは可能だぞ」

スティーヴンは赤くなった。「もちろん助けを受け入れることはできるさ。きょう、来て欲しいと頼んだだろう？　その結果がこれだ」

「何だって？」傷ついて、クレーンは言った。

「シャーマンが二人死んでいて、ネズミを操るキチガイがウロウロしていることが判明した。あんたがいなかったら、僕はいま頃諦めて早めに家に帰っていたかもしれない」スティーヴンは再びクレーンの腕の中に戻った。「ごめん、ルシアン。昨夜のことも謝る。あんたのことを考えなかった。いま、神経過敏になっている。それで、そのクラブに行くのに僕はマネキンみたいに着飾らないといけないのか？」

「いいや、普通の格好でいい。つまり、そうマイ・スウィート、君はドレスアップする必要があるという意味だ。私の家に戻ってそれなりの服に着替えないか？　過敏になっている神経については、その間私が対処を考えようか？」

「うーん、それも魅力的だ。でも……」

小柄な男は後退してデスクの上に座った。クレーンはその両脚の間に動いてキスをすると、スティーヴンは誘うように体を反らせたので、合わせた口に挑発的に笑いかけた。「なんと、デイくん。君は本当にデスクの上でファックされるのが好きだね。デスクに乗った途端、求めてくる。いったいデスクのどこがそんなに扇情的なんだ？」

「デスクは全然扇情的じゃないよ、退屈さ」スティーヴンは、クレーンの口が敏感な耳たぶに動くと体を震わせた。「この上で書き物をして、家に帰って、恐ろしいことは一つも起こらず、誰も死んだりしない。素敵で退屈な平面。だからその上で楽しいことをするのさ」電気の手をクレーンの背中から腰に滑らせた。

「家にも完璧なデスクはあるぞ」クレーンは言った。「ここのものよりずっと頑丈で、どう考えてもより安全だ」

「でも、場所はストランド通りだ」スティーヴンは反論した。「このデスクはいまここにあって、いまここで僕と楽しめる」

「ここの方が好みか」

　スティーヴンはクレーンの首に両腕を回し、両脚を相手の腰にかけると、体を丸ごとデスクから持ち上げて相手に抱きついた。長身の男は重みに思わず前のめりになり、笑いながら両手をついて支えた。

「あんたがエスターを美しい原住民の魔女と呼んだ時からこうしたかったんだ」スティーヴンも笑い始めた。「あの時の彼女の顔ったら。あんたって、本当にひどい奴」

「でも気に入ったろう？」

スティーヴンはニヤリと笑みを浮かべ、クレーンの唇を捉えに体を動かした。深く長いキスが終わるとデスクの上で横になり、股間に痛いほどの硬直を抱えたクレーンの体の下敷きになっていた。「扉の鍵を閉めなくては」クレーンは喉声で言った。「ここから君がやってくれれば別だが」

「鉄」スティーヴンが短く言った。クレーンは能力が鉄に効かないことをよく知っていた。

「でも、あんたが扉の鍵を閉めるまでの間に、裸になってみせるよ」

「賭けるか？」

「そうだなぁ。僕が勝ったらデスクの上で。あんたが勝ったら、壁に向かってやってもいい」

それは価値のある賭けだった。壁に向かっての行為をクレーンは大変好んだが、背の高さの違いのため、それはスティーヴンが何かの上に立たなければならないことを意味し、通常は背の高さを気にしないスティーヴンも、これには抵抗したからだ。「乗った」

もちろん、勝てはしなかった。スティーヴンは卑怯にも鍵をクレーンの指の間から空中に飛ばし、床のあちこちを移動させたからだ。しかしクレーンは、恋人の尻に自分自身を埋め、電気の指の悦びが背中をピリピリと駆け回り、肩に歯を立てられるのを感じながら、何かもっと価値のある勝利を手にしたような気持ちになった。それが何なのか、正確に言うことはできなかったが。

第八章

二時間後、クレーンはトレーダーズで座ってくつろいでいた。スティーヴンは隣で、クレーンの買ったスーツを着て座っていた。スティーヴンの明らかな貧しさは、クレーンとの身長差と合わせると、二人に不用意な注目を集めることになる。自分は驚くほど裕福な一方、スティーヴンは家賃を払うのにも苦労していたため、クレーンは自分が恋人にきちんとした衣装を一通り準備するくらいは当然だと考えた。スティーヴンは渋々と了承したが、後から同じ時に何セットものスーツを誂えさせたと知って大いに憤った。訪れた小さな仕立屋でのスーツの値段を知ったら、さらに激昂することになるだろう。

服に興味のある者にならわかっただろうが、そうクレーンは思った。着るものに関してほとんど知識のない恋人をよそに、クレーンがスーツに選んだ素材は灰紫の地に小さく赤と黄色の斑点の入った落ち着いた色合いで、その秋色がスティーヴンの髪と目の色を完璧に引き立てた。洗練されたカットの仕立てながらも、着用者の背丈や体の小ささを補おうとするような仰々しさは一切なかった。実に魅力的に見える、そうクレーンは思った。いい服を着て、瞳を輝かせて、ファックされたばかり――。最後の部分だけはテーブルの周りに集った男たちの気に留まらないことを希望するが。

男たちは食後酒を楽しみながらトレーダーズの談話室にいた。クライヤーがクレーンと共にやってきた魅力的な若者を興味深げにしげしげと見つめていた。ハンフリスはぼんやりとして顔をしかめていた。シェイコットはできる限り会話に差し込んでいた。ペイトンはあからさまに皮肉なコメントをできる限り会話に差し込んでいた。シェイコットはまたもやウィレッツの〝赤い潮流〟の話を熱心に繰り返していたが、クレーンが会ったことのないオールドベリーという名のジャワの男と、何度かクラブの図書室で見かけたことのあるオーモント博士という研究者を二人に引き合わせていた。博士はポリネシアの伝統の専門家だというが、英国を出たことはないという。

シェイコットはようやく物語の終わりにたどり着き、そこにいたほぼ全員から申し訳程度の称賛のうなり声、そしてスティーヴンからは熱烈な反応を引き出した。

「素晴らしいお話です、ありがとうございます、サー。その地域では一般的な伝説なのでしょうか、そのネズミの祭祀《さいし》は？」

「俺は聞いたことがない」オールドベリーが言った。「ウィレッツからしか」

「召喚の方法や巫女の言葉には、他の話との共通点がある」オーモント博士は講義を始めるような調子で言った。「興味深いのは、研究者ならば当然予想しうる、表面上似ている他の話によく登場する要素が一つ欠けているということだ。つまり、アニトゥのモチーフやその器となるもの」

「幽霊」オールドベリーが言った。

「幽霊以上のものだな、言わせていただくと。アニトゥ、もしくは死者の魂は別の体を蘇らせる力を持ち――――」

「この話には出てこない」オールドベリーがきっぱりと言った。「幽霊など出てこない、ネズミだけだ」

「話に信ぴょう性はあると思うか?」クレーンが訊ねた。

「信ぴょう性だと!」ペイトンが鼻を鳴らした。「巨大ネズミと色っぽい原住民だぞ!　ヴォードリー、正直に言わせてもらうと――――」

「クレーン。クレーン卿だ」

ペイトンは顔を赤くした。「ウィレッツは恐ろしいほどの嘘つきだった。奴の話は全部ゴミ箱行きだ。そんなことはわかっているだろう。お前についても、ものすごい話をしていたぞ」

「蟹男の話をしているのであれば、残念ながらあれはかなりの部分、正確だ」沸き起こった驚きとからかいの唱和を聞くからに、ウィレッツはかなり広範囲に話を広めていたらしい。クレーンは死んだ男に再度軽い殺意を覚えつつ、騒ぎが収まるのを待った。「ま、あの時私は恐ろしく酔っ払っていた。そういうこともある」

「他に同じことが起きた者の話は聞いたことがないぞ」モンクはこの夜初めて面白そうな顔を

した。

「さぁ、私にはわからんよ。事件が起こるのはいつもウィレッツの周りばかりだと思っていた」

オールドベリーは同意するうなり声をあげた。「いつでも刺激を待ち構えて。冒険を求めていたな」

「冒険を求めて飛び込むと、たいてい与えられるものだ。色々と奇妙なものを見てきたが
――――」シェイコットが話し始めた。

クレーンは意に介さず話を遮った。「皆色々と見てきているさ。奴のネズミの守護札というのを見たことはあるか、オールドベリー？」

ジャワの男は肩をすくめた。「色々と持っていたな。部屋いっぱいに」

「持ち物はどうなった？」クレーンは訊いた。「近親者は誰だ？　こっちに住んでいる家族はいるのか？」

「姉だ。帰国した理由さ。病気でね、肺の」

「気の毒に」眉をひそめてクレーンは言った。「居所はわかるか？　お悔やみを送りたい」

会話は幾つかのグループに分れた。クレーンはオールドベリーとハンフリスと話し、露骨にならない程度にウィレッツの死についての情報を聞き出そうと試みた。大した話は出てこなかった。三十分ほどして、オーモント博士と話すという気の進まない任務を受け持ったスティー

ヴンを探し、辺りを見回した。研究者はまだそこにいて、今度はシェイコットと話し込んでいたが、スティーヴンの姿はなかった。

「友だちをお探しかな？」タウンが横から訊ねた。

「窓から飛び降りたのかもしれないな」クレーンは言った。「オーモントというのは何だ、ひどく退屈な男じゃないか？」

タウンは天を仰いだ。「奴とシェイコットは二人とも話が止まらない。オールドベリーは一言発するたびに金をもらえるかのようにおしゃべりだ。いったいジャワの男ってのは、どうなっているんだか、残らず退屈だ。ウィレッツを除いてだが。興味があるのか？」

「特にはない。ただ気の毒に思って、姉の助けになれないものかと思っている。ジャワに興味があるのはデイだ」

「お前の小さな、えー、お友だちか？」タウンは眉をピクピク動かした。

「あいにくお前は棒で突く藪を間違えている」クレーンは言った。「いまのところ私は、その棒の恩恵には預かっていないからね。言っている意味がわかるのであれば」下の話を好むタウンも、飲んでいたウィスキーに吹き出した。「あれは従兄弟の友人で、あの地域に興味を持っている。私の領域ではないが、家族長を演じてシェイコットやオーモントをつかませてやり、もし感謝の気持ちを示すつもりになったら、ひょっとすると別のものもつかめるかもしれない」

「はっ！　まぁ、健闘を祈るよ」タウンは世慣れた冷たさで放った。「とはいえ、もしペイトンが君の不名誉な冒険の話を吹き込んでいるとしたら、あまりチャンスはないかもしれないがな。数分前にお友だちの後ろについて出て行った」

「クソ。まぁ、いい、所詮望み薄だった。最近ラッカムに会ったか？」

どうやらタウンは見かけていないらしく、他に特に新しい噂話も聞いていなかった。その後もしばらくおしゃべりをした。ペイトンが部屋に戻った時にスティーヴンは戻らず、少ししてからウェイターがメモを持って現れ、クレーンは一読してからポケットに仕舞った。

ペイトンが見ていた。「悪いニュースかな、クレーン卿？　今夜の予定が狂ってしまったのでなければいいが」

「大したことはない」クレーンは言った。


メリックが家に戻ったのはクレーンより三十分ほど後で、明らかに泥酔していた。

「楽しい夜だったか？」

「そうだな」メリックは帽子を壁に掛けようとして空振りした。「あのセイント嬢に何ができるか、お前知っているか？」

「明らかに、大の男を飲み潰すことができるようだな。シャーマンについてはわかったか？」

「ああ。ネズミにやられた」

「問題はなく？」

「特にはなかった」メリックが応えた。「そっちは？」

「あまり収穫はなかった。そして我らが〝驚異の消えるシャーマン〟はまたしても姿をくらました。いつも通り、一言もなく」クレーンの口調は思っていたほど軽くは響かなかった。

「おやまぁ」メリックが首を振った。「ハマっちまったな。そうだろう？」

「黙れ」

「見た通りを言っているだけさ。振り回されちまって」

「黙れ」

「すっかり恋しちまったね。最初は気がつかなかったが――」

「だーまーれ、この虫酸《むしず》が走るのんだくれ、さもないと紹介状なしでクビにするぞ。さっさと寝ろ。明日は早起きだ」

「おや、そうかい？　なんでだ？」

「ラッカムだ」クレーンが言った。「金曜日までと言われて、明日がそうだ。朝一番で奴に会いに行く」

「朝一番では起きていないだろう」

「ベッドから引きずり出したらいやでも目を覚ます。レオ・ハートからメモが届いた。奴が五百ポンド要求してきたそうだ。レオは動転している。きょうまでからめ手でやってもダメだったので、もっと直接的な手段を取らざるをえない」

「大いに結構。何をする?」

「脚の骨でも折るか」クレーンは言った。「あるいは五百ポンドでとっとと消えろと言う。あるいはその両方」

「とっとと消えて欲しいのであれば骨は折らない方がいいな。デイさんは何と言っている?」

「彼はもう十分に厄介ごとを抱えている。その中からラッカムは取り除きたい」

「お前が主導権をとるってことか」メリックは大あくびをした。「あの男は自分で自分の面倒を全然見られないからな。それに色々と面倒を見てやったら、少しは長く傍に留まってくれるかもしれん」

「それはいったいどういう意味だ?」

メリックは鋭い視線を送った。「もっと考えろ、ってこった。もし俺がお前みたいなバカデカい殿様だったら、世界を支配しているみたいに行動すると思うか?」

「私は世界を支配しているみたいに行動していないし、背の高さに何の関係がある?」クレーンは反発した。「いったい何が言いたい?」

「自分で考えろ。俺は寝る」

「クソ食らって休みやがれ」クレーンは返して、不機嫌に部屋を出た。


翌朝、ラッカムの下宿屋の部屋をノックした時も不機嫌は続いていた。そこはロンドン塔の東のどちらかというと貧しい地域で、ケーブル通りの近くだった。建物はじめじめしていて、家主はにこやかでも礼儀正しくもなかった。嫌われ者の下宿人に会いに来た客への軽蔑と明らかに裕福なクレーンとの間で立場を決められずにいるようだった。

「そんなら、直接訪ねてくださっていいです、サー」クレーンからの気前のいいチップをポケットに突っ込みながら女は言った。「起きていたら幸運ですよ。あの男はロクデナシの厄病神さ。あの男と、汚らしい仲間たちは」

女はクレーンとメリックを案内して低い扉をくぐり、湿っぽくキャベツ臭のする通路を抜け、傾きかけた階段を上がって汚れた踊り場で二人を残し、体を大げさに揺らすようにして立ち去った。ついでにラッカムに家賃の支払いについて伝えてくれてもいい、と言い残した。

「不正な金を優雅な暮らしに使っているのでないことは確かだな」クレーンは扉を激しく叩いた。

メリックが肩を怒らせた。「奴は耳でも悪いのか？　爆音で頭痛がしてきた」

「違う、それはお前が小さな子供に飲み負かされただけだ」

「そんなに飲んじゃいないさ。それにしても、あの娘は酒に強かった」

「スティーヴンも同じだ」クレーンは言った。「まったく酔わないように思える。能力者《プラクティショナー》の特徴なのかもしれないな。昨夜の、私が世界を支配していると思っている云々《うんぬん》とは何だったんだ？」

「そんなこと言ったか？　グデングデンだったからな」

「それはそうだが。どういう意味だ？」

メリックは思案深げに片目を向けた。「いや、実際に世界を支配しているわけではないが……」

「では何だ？　いいから言えよ。知りたいんだ」

「そうおっしゃるのであれば、閣下《マイロード》。お前はやたら背が高い。それに金持ちで、まぁ頭も悪くないし、俺には何の意見もないが、見てくれもいいと評価する連中もいる。親父が伯爵だったのも、にじみ出てる。昔からそうだった」

「それが私だ」クレーンは言った。「だから？」

メリックは呆れ顔になった。「つまり、俺が言いたいのは、お前がいかに誰かを同等に扱っているつもりでも、そうじゃないってことだ。なぜなら、伯爵閣下、お前は大きくて年上で金持ちである上に、根っからの高慢ちきだ。だからお前がどう考えていても、相手から見れば同等だとは思えないってことだ。俺のことじゃないぞ」誤解されるのを恐れて言い添えた。

クレーンは近寄ると声を低くした。「私はいまお前が言った通りの全部なのかもしれないが、魔法遣いではない。あいつに何ができるか、お前だって見ただろう？　それなのにこの私に気《き》後《おく》れしていると言うのか？　あれは恐ろしい能力だぞ！」

「そう思っていることを彼は知っているのか？」メリックは言った。「そりゃ、あの男はシャーマンかもしれないが、人間でもある。家族もいない。天涯孤独だ。常に危険と隣り合わせの暮らしだ。そこへお前がさっきの豪華特典付きで颯爽と現れて、その上男が好きだということを隠そうともしない。彼にとっては一番の悩みなのに、お前にとっては何でもない。あの男はバレてしまうことに怯えきっているのに、お前は毛ほども気にしていない。その上、〝これを買ってやろう、これを着るといい、君の面倒は見る、私に任せろ――〟」

「黙れ」クレーンは言った。「もういい」

「お前がわざとやっているとは言わない。でもあの男を支えているのは唾で糊付けされた誇りだけで、それさえも奪ってしまったら――」

「聞こえたよ、クソ。もういい」

メリックは肩をすくめると壁にもたれかかった。クレーンは何も見ることなく数分そこに立っていたが、やがて再度激しく扉を叩き始めた。「いったいこのクソ野郎に扉を開ける気はあるのか？」

「やってられないな」メリックが言った。「奴の代わりに開けようか？」

「そうしよう。いなければメッセージを残す。中にいたら、私が先に殴る」

従者がポケットから曲がった金属片を取り出して作業をする間、クレーンは階段を上がってくるかもしれない人間から見えないように視界を遮った。五、六秒で鍵は開き、従者は後ろに下がって〝お先にどうぞ〟と動作で示した。クレーンはハンドルをひねって扉を開けた。

まず、臭気が鼻をついた。三つのものが混じっていた。ムッとするような獣臭。馴染みのある大小便臭。そして鉄っぽい血の臭い。それも大量の。

「ファック」メリックが言った。凄惨なありさまのラッカムの部屋の戸口に二人は立ち尽くした。「ファ、ァ、ァ、ック」

壁に血が付いていた。床から一フィート（約三十センチ）ほどのところから、上に跳ね広がるように塗りつけられていた。床にもべっとりと、まるで毛むくじゃらの腹が血だまりを這いずり回ったかのような痕がついており、尻尾を鞭のように打ちつけた痕跡が蛇のような形で残り、間違えようのない爪のついた長い足跡が見えた。

ラッカムの砂色の髪が頭蓋骨の上に残されていたが、他に身元を確認できるような部分はあまり残っていなかった。

「ジーザス・クライスト」クレーンは扉を閉めた。

「こっそり逃げ出すわけには行かなそうだな」メリックが上海語で静かに言った。「家主が俺たちを覚えている」

「もちろんだ。少し待て」クレーンは唇を噛んだ。「よし。私がここに残る。お前は警官を呼べ。それから、以前パイパーでスティーヴンから聞いたゴールド夫人の住所を覚えているか？　夫の診療所の？」

「デヴォンシャー通り」既に四ヵ月前のことだったが、メリックはほとんど学のない者特有の長期記憶を持っていた。

「よし。そこへ行け。十時に集合すると言っていた。もしスティーヴン一人だけと話せたら話し、彼の言う通りにしてくれ。でも大事なのは、スティーヴンが一人じゃなくても、とにかくそこにいる人間に状況を伝えることだ。一人になるのを待ったりするな。そして、覚えておけ。ラッカムが脅かしているのは、私だ。スティーヴンではない。スティーヴンにはまったく関係ない。このことをゴールド夫人に話す必要はない、なぜならそれは彼女には関係のないことだからだが、何かあったら覚えておくべきはそれだ。わかったか？　以上を踏まえて行動して欲しい。我々はラッカムが死んでいるのを見つけた、だから警察に行って、その足でネズミのことをシャーマンたちに話しに行った。なので、シャーマンの誰に話すかは重要ではない、なぜならスティーヴンはこのことには何も関係ないからだ。いいか？」

「了解。何か俺が知っておくべきことは他にあるか？」

「同僚たちとの間で問題を抱えている」クレーンは少し間を置いて言った。「後で話す。行け、

第九章

家主には話さず、上がってくるように言え」

家主の女は事件にすっかり取り乱し、警官がやってきた時もまだ喚き立てていた。ラッカムの部屋の惨状を一目見た警官は踊り場で嘔吐し、ただでさえ息の詰まる空気を悪化させた。刑事が姿を現わす頃には、クレーンはこれほどまで不快な方法で死んだラッカムの魂を永遠に呪う準備ができていた。

リッカビー刑事は少なくとも仕事がわかっているようだった。くたびれた見た目の、手入れの行き届いた口ひげを蓄えた男で、惨劇の現場を軽い嫌悪の表情を浮かべながら調べ、まるで人がミンチになるのを毎日見ているかのように肉の破片や割れた骨を突《つつ》いたりしていた。

二人で階下の粗末な応接間に座ると、刑事は辛抱強い表情でクレーンの証言を聞いた。

「ということは、閣下《マイロード》、あなたはご友人を訪ねてきただけだと？」

「その通りだ」

リッカビー刑事は何か手がかりを探すようにクレーンの名刺の表裏を眺めた。

「クレーン伯爵《アール・クレーン》。クレーンの伯爵《アール・オブ・クレーン》とは言わないんですか？」

「言わない。グレイ伯爵《アール・グレイ》と同じだ」

「紅茶の？」

「伯爵の」

「ははぁ。グレイ伯爵に、ワッピング地区にご友人がいるかはご存知ですか？」

「さぁな。面識はないから」

「いえね、疑問に思ったんです。一般的に言って、伯爵様がロンドンのこの辺りにご友人をお持ちのものなのかと」

「他の伯爵のことは知らない」クレーンは応えた。「私にはこの辺りに何人か友人がいる。刑事さん、私は十七歳から三十七歳まで中国で暮らしていた。英国に戻ったのはほんの八ヵ月前だ。この国での知り合いはほとんど中国人かその関係者だ。ラッカムのような」

「その方たちは死んではいないでしょうね」

「ああ、ほとんどの者はピンピンしている」

刑事は頭を傾けた。「いいご友人でしたか？」

「昔から知っている」

「あまり動転されていないようで」

「それなりに動転はしている。バラバラの状態で発見したんだからな」

「ご心労お察しします、閣下。被害者はあなたが来るのを知っていたのでしょうか？」

「ああ、何時という約束はしていなかったが」クレーンは言った。「金を貸す約束をしていた。事務所に行く途中で渡そうと立ち寄った」

「でもノックに応えなかった」

「ああ。当然だな」

「ではどうやって中に？」

「扉を開けた。鍵はかかっていなかった」

リッカビーは頷いた。「もう一度お聞きします、閣下、私の無知をお許しください。伯爵のお立場で、ひょっとしたら開いているかもと人の部屋の扉を開けてみたりするものでしょうか？　普通は、友人の家を訪ねて、ノックしても返事がなかったら立ち去るものです。入れるかどうか扉を開けたりしません」

クレーンは少し間を置いて言いにくいことを切り出す男の雰囲気を出そうとしてから、率直に話した。「刑事さん、このことが必要以上に知れ渡るのを私が好ましく思わないことも理解していただけると思うが、ラッカム氏はアヘン中毒者だった。扉に鍵をかけないなど日常的なことだ。ベッドで眠っているだろうと思い、金を渡して仕事に行こうと扉を開けて――ご覧になったような状態で発見したわけだ」

「アヘン中毒者のご友人はたくさんいらっしゃるのですか、閣下？　伯爵として？」

「中国関係者としてなら、ああ、たくさんいる」

「いったい犯人は何者だと？」

「動物。あるいは狂人か」

「アヘン中毒者は？」

　クレーンは考えているふりをした。「可能性はあるんだろうな、たぶん」

「アヘンは摂《と》られますか、閣下？」

「いや、刑事さん、私はアヘンはやらない。人殺しもしない」

「構える必要はありません、閣下、必要な質問をしているだけです。さて――何だ、ジェラード？　忙しいのが見てわからないか？」リッカビーは扉の内側に立っている若い警官をにらみつけた。

「はい、サー。すみません、サー。連中が来たんです、サー」

「連中？　いったいどの連中、だ？」

「奇妙な奴ら、です、サー」

　刑事の表情が固まった。そして訊いた。「どこにいる？」

「上です、サー、部屋の中に。すみません、サー。どうやって入口のモトリーをかわしたのかわかりません、サー」

　リッカビーは大きく呼吸した。「では、呼びに行って、下に降りてきてもらってくれ」

「その必要はない」エスター・ゴールドがつかつかと応接間に入ってきた。長いスカートの裾に血が付いていた。スティーヴンが続いた。膝に黒いシミをつけ、おぞましく汚れたハンカチで手を拭っていた。視線がクレーンの上をさまよったが、留まることはなかった。「刑事さん、一言いいかしら」

その一言には数分がかかった。クレーンは頼まれた通り廊下で待ちながら、考えをまとめて作り話をする準備をした。刑事には心地悪いほど洞察力があり、クレーンの証言に何か妙なところがあると感じ取っていた。染み一つないスーツのおかげで深刻な疑いをかけられることはないだろうが、ラッカムとの関係を追求されたら、厄介なことになる。

ようやく扉が開いた。「あなたに任せます、ゴールドさん」リッカビーは立ち去る支度をしながらそう言った。「でも、私の意見はご存じですな」

「ありがとう」エスターの声が聞こえた。刑事は無言でクレーンの横を通り過ぎた。「クレーン卿、入っていただけます？」

クレーンは中に入って扉を閉め、エスターとスティーヴンに向き合った。「校長に会いに来た生徒のような気分だ。何が起きている？」

「警察に捜査を私たちに任せるよう頼んだ」スティーヴンが言った。「リッカビーはあまり喜ばなかった」

「そんなことができるのか？」

「ええ」エスターが応えた。「何があったか話して」

「ラッカムに会いに来た。奴が死んでいた。以上だ。いまもここに残っている物以外のものは見ていない。メリックに警察と君たちを呼びに行かせた」

「刑事は、扉が開いていたと言っていた」エスターが続けた。スティーヴンは何も言わず、クレーンを見なかった。いつもより青白い顔をしていた。

クレーンは注意してエスターに向かって話すようにした。「いや、鍵はかかっていた。私が命じて、メリックに開けさせた。リッカビーには言わなかった。密室ミステリーまでは荷が重すぎると思ってね」

「そうね。なぜ無理やり中に入った？」

「奴と話がしたかったからだ。アヘンで気を失っているか、無視されているかと思った」

「なぜ話をしたかった？」

「まるで尋問のようだな」クレーンは感想を漏らした。「私は君たちの管轄下にはないと思うが」

「問題はこう」エスターが言った。「中国帰りやジャワに関係した人間がロンドンにはどのくらいいる？　世界の反対側に住んでいたことがあって、お互いを知っている人たち」

「わからない。全部で二百人くらい？」

「ふむ。一週間前そんなあなたたちの一人が刺殺され、もう一人が自殺、そして今度は三人目がネズミにズタズタにされた。ライムハウスの二人の中国人と同じようにね。二週間のうちに同じクラブのメンバーを三人も暴力的に無くすなんて普通かしら?」

「いや、普通ではない」

「そう、三人の死人。そして同じクラブに属する四人目の男は、ネズミが人を殺していると知った時に私たちと一緒に居合わせ、今度は鍵をこじ開けて死体を見つけた――」

「おっと、少し待て」クレーンが言った。「考えていることはわかるが、論理がおかしい」

「そう?」

「ああ、君は私とラッカムとの関係を要素の一つと捉えているが、それは前提条件だ。私はラッカムを知っていたから、デイさんと知り合った。デイさんがきのう私に助けを求めてきたのは、ラッカムを通じて私を知っていたからだ。私が今朝ここにきたのは別件だが、それはラッカムを知っていたからだ。この偶然は――この言葉が好きじゃないのは知っているが――、ラッカムとネズミが関わっていることに根ざしていて、私がラッカムを知っていることとは関係はない」

エスターに納得した様子はなかった。「あなたは偶然彼に会いに来た。そのために鍵をこじ開けて」

クレーンはこれを無視した。スティーヴンを見ないようにしていたが、視界の隅に入ってくる顔はとても白く、吐きそうなくらいの緊張が伝わってくるようだった。もし捜査に必要だと感じたら、スティーヴンは話すだろう。クレーンにはそれがわかっていたが、もう少し黙っていてくれるように念じた。メリックの言ったことが頭をかけ回っていたが、ここはスティーヴンが話すのではなくクレーンが対応すべきで、それが最良の方法だろう。「聞いてくれ、ゴールドさん、ネズミがラッカムとウィレッツを結びつけることは認めるが、マートンの自殺と私の関わりについては……。もう一人の死はマートンのことだと考えていいな？」

「そうだ」スティーヴンが色なく応えた。

「友人がさらに一人、この事件の前の週に自殺したのは偶然だと？」エスターが遮った。

「マートンは私の友人などではなかった」クレーンは故意に間を置いた。「ここで起きていることが何なのかは見当もつかない。ただ、もし関連があるとすれば、これだけは話そう。ラッカムは脅迫者だった」

スティーヴンが小さく息を呑んだ。エスターは言った。「ラッカムが？」

「そうだ。マートンを脅かしていたかどうかは知らないが、そう疑っている。私は奴が少なくともあと二人を脅かそうとしていたことを知っている。共に中国関係者だ。マートンやラッカムのような」

「あなたのような？」

「まさに私のような」クレーンは静かに応えた。「私がここに来た目的は奴を叩きのめすためだったが、ネズミによって既に死んでいた。死んだことを悼んでいるとは言えない」

「いまの話をリッカビーにした？」

「まさか」

「ラッカムに何を脅かされていたの？」

「エスター！」スティーヴンが叫ぶように言った。

「本気で心配するようなことではない。家名に対する私の徹底的な興味のなさは、あまり脅迫の対象に向いていない」

「そう。でもラッカムはそれを知っていたでしょうね」エスターは続けた。「なぜあえて行ったのかしら？」

クレーンはできる限りさりげなく肩をすくめた。「追い払うために少しでも金を渡すと思ったんだろう。実際そうしたかもしれない」エスターは暗い色の瞳を凝らし、鼻の穴を少し広げ、視線を離さずにいた。クレーンは沈黙を埋めることなく、体をリラックスさせることに集中した。

エスターが先に話した。「他に誰を脅迫していたの？」

「それは言えない。私が知っているのはもう一人だけで、その人は能力者《プラクティショナー》でないし、この件には何の関係もなく、ラッカムのせいでもう十分傷ついている」

「パイド・パイパーが能力者だとなぜ思う？」エスターが訊ねた。

「何？」

「召喚者のことをそう呼んでいるんだ」スティーヴンの声はクレーンの耳に少しか細く響いた。「笛吹き男《パイド・パイパー》。ネズミを操る」

「ああ、それはわかる。能力者でないことがあり得るのか？」

「どういう方法を使っているかによる」スティーヴンが言った。「ほとんど能力のない人間かもしれないし、潜在的能力のある人間である可能性もある。僕らの知らない誰か」

クレーンはこの情報を消化した。「つまり、ウィレッツの話を知っていて、召喚の呪文を覚えたか守護札を持っている誰でもあり得るってことか？」

「ウィレッツをよく知っていて、ラッカムと二人の中国人を殺したいと思っていた人物」エスターが片眉を上げた。「誰かそういう人に心当たりは？」

「ラッカムによれば、シャーマンたちはどちらも英語を話せなかった」スティーヴンが言い添えた。「なので、三人に死んで欲しいと思った人物は、彼らとの関わり上、中国に関係しているはずだ」

「なるほど」クレーンは思考を巡らせながらゆっくりと言った。「なるほどな」

「あなただったとは思わない」エスターが理性的に言った。「ウィレッツと死んだ能力者たちの関係がわかったのはあなたのおかげだから。でも、ラッカムが誰を脅迫していたかについて、知っていることをすべて話してもらう必要がある」

「いやだ」

エスターは一歩前進した。クレーンは素早く二歩後退した。「私に感渉《フリューエンス》をかけようとしているのなら、やめろ」自分の声にパニックに似た何かが混じるのがわかった。感渉をかけられること、誰かに思考を魔法でいじられると考えるだけでも嫌悪で身震いがしたし、それ以上に、スティーヴンのためにも自分のためにも制御を失うわけにはいかなかった。

エスターの両眉が上がった。「なぜ感渉のことを知っているの?」

「僕が感渉をかけた」スティーヴンはパートナーの後ろに立って、暗い声で言った。「不当なやり方をした。それで、二度としないと誓った。他の誰かがかけることをやめさせる、とも」

「それはバカな約束をしたわね」エスターが返した。

「そうかもしれない。でもやめて欲しい、エスター。させられない。僕は約束した」

エスターはパートナーを振り返った。スティーヴンは肩をすくめた。「ごめん。だいたい、役には立たな――――」言葉を詰まらせ、急に口を閉じた。

「なぜ?」エスターは不思議そうに言った。

「なぜなら……ラッカムは他にも色々と厄介事を抱えていた。知っているだろう、彼を通訳として使えなくなったのは、どんどん信頼がおけなくなってきたからだ。脅迫が死を招いたのではないとまでは言わないが、奴はあまりに広範囲で騒ぎを起こしていたから、この件に限っては偶然もあり得ると思っている。何にせよ、エス、いまはこんなことをしている暇はない。他に少なくとも二つ、急ぎで対応すべきことがある。一つは僕が昨夜トレーダーズで会った人々に関連することで、もう一つはどうやってネズミが侵入してきたかだ」

スティーヴンの口調はクレーンの耳には早口すぎるように思え、明らかに元の質問に答えていなかったが、最後の一言がエスターの注意を引いた。「そうだった」

「もし扉の鍵が閉まっていて、僕らが壁に大きな穴があるのを見逃しているのでなければ、かなりの規模で能力が使われたということだ」スティーヴンは続けた。「君がそちらを探って、僕は中国関係者の線をあたるのはどう？」

エスターは頭を片方に傾けた。どうもそれが思案をしている時の癖らしい、とクレーンは思った。「それでいい。二時間後くらいに診療所で？」

「そうしよう。クレーン卿、一緒に来てもらえますか？」

「もちろん」クレーンはエスターを見た。「君たちのために、ラッカムを恨んでいた者が他にいないか、調べることはできる。私が避けたいのは、関係ないとわかっている人物を巻き込むことだ」

「ご婦人の名誉を守るため？」

「婦人だとは言っていない」

「そうね。でも、あなたはある人物としか言わず、彼とか彼女とか代名詞を避けた」エスターは言った。「使うとわかってしまうからだわ。後でね、ステッフ」

第十章

　二人は建物を出てケーブル通りを歩いた。黙ったまま数百ヤード進むと、スティーヴンが大きく長く、震えるような息を吐いた。「あああ、地獄の業火《ヘルファイア》よ」

「慌てるな。大丈夫だ」

「大丈夫じゃない！」

「何も問題はない」クレーンは主張した。「ゴールド夫人がラッカムについて知るべきことは、すべて伝えた。君は、この事件にとって意味のある事柄は、何一つ隠していない。ラッカムが他に脅迫していた人間を探し出す協力は喜んでする。平常心を保て」

「平常――さっき僕が何を言いかけたかわかってる？」

「何？」

　スティーヴンは自分の髪の毛をぐいとつかんだ。「エスターにあんたに感渉《フリューエンス》が効かないことを言いそうになって、ありったけのデタラメを並べてごまかすハメになった」

「なぜ知らせてはいけない？」

「なぜなら」スティーヴンは粘り強い忍耐を見せて言った。「パイド・パイパーは潜在的もしくは検知されていない能力の持ち主とされている。感渉をはねつける力を持っている者はまさにそうした人間の候補だ。あんたがそうだと知ったら、今回の事件にここまで関わっているあんたを、エスターは見逃さない。エスターがあんたに注目すればするほどあんたのことを調べ、僕とのこともきっと探り出す。ああ、クソ！」

「何も被害はなかった」クレーンは完全にそうと言い切れないことに気づいた。

「エスターはバカじゃない。あんたが何かを隠していることに気がついている」

「それは私の問題だ、スティーヴン」

「いや、それは本当に違う」スティーヴンは足早に川へと続く道を歩いた。二人は茶色に揺れるテムズ川の広い急流を見つめて立った。「ルシアン、僕が持っているものって何かわかる？人生において」

「どういう意味だ？」

「この仕事だ。それだけ。僕には家族がいないし、唯一の肉親の伯母は二度と口をきいてくれない。僕の生活は、審犯者《ジャスティシアー》に支給される薄給で支えられている。友人は皆審犯者か、その結婚相手だ。他の能力者《プラクティショナー》は皆、僕らを憎んでいる。もし審犯者でいられなくなったら、僕は……僕にいったい何ができるか、見当もつかない。この仕事を無くしたら、僕には何もない」

「私がいる」クレーンは抑揚なく言った。

スティーヴンは木製の柵の端に肘をついた。クレーンは隣に立ち、二人は混濁した水を眺めた。

「あんたは上海に帰る」しばらくしてスティーヴンが言った。

「何だって？　そんなことはない」

「いや、帰る。いつかね。僕もバカじゃない、ルシアン。あんたはここで退屈してる。素晴らしい冒険と昂奮の人生を好きなように生きてきたのに、いまはここにいて、何ら引き留めるものもなく、することもなく、貴族院に出席してふさわしい結婚相手を探すべきだけどそれもせず、本当の自分を隠して過ごさないといけない。僕らのことも――いや、最後まで言わせてくれ。僕は文句を言っているわけじゃない。あんたのことは……好きだ。あんたと一緒にいるのは好きだけど、あんたはこんな生活を永遠には続けられない。やがて限界が来る。何の不思議もないことだよね？　僕は、審犯者でいることをやめない。それこそがすべてだ。あんたの人生は中国にあって、僕には仕事がある。だから、僕は今回のことで――あんたが原因で――大事な仕事と友達を無くさないようにしないといけない。選びたいと思っているわけではないけれど、もしどちらかを選べと言われたら、僕は残りの人生を考えて選択をしなければならない」

クレーンは揺れる水面を見ていた。微風が鼻腔にムッとする潮の臭いを運んだ。不思議なほど平静だったが、胃の中をつかまれるような不快な感覚があった。

スティーヴンを腕の中に抱き寄せて、抱きしめて、その恐れと孤独をキスで遠くへ押しやり、二人の関係を終わらせるなんて考えを忘れさせるまでファックしたかった。でもここでは手を触れることさえできなかった。このクソったれの国のクソったれの法律のせいで。確かにそれらはクレーンの退屈と苛立ちの大きな原因となっている。

本当にいつか帰ったりはしないと言い切れるだろうか？

クレーンがそう言っても言わなくても、関係はない。スティーヴン自身が選ばなくてはならないのだ。

一呼吸して、声を平常に保った。「君の言うことはわかる。君が傷つくのを見たくはない。私に何をして欲しい？」

「会わない方がいいのかもしれない……。しばらくの間は。この事件が片づいて、エスターがあんたへの疑いを捨てて、僕の監視をやめるまで」

クレーンは潮で傷んだ木材の上でからめた、自らの長い指を見た。スティーヴンのそれのすぐ隣なのに、遠くて触ることができない。「君がどうしても言うのなら。それが助けになるのであれば」

「たぶん」

クレーンはゆっくり頷いた。スティーヴンが一瞥を向けた。唇を噛むようにしていた。「ごめん。面倒なことだとはわかっている。でもラッカムが死んで、あんたはその真ん中にいる。

そして、エスター――問題がありすぎる、危険すぎる。僕の責任だ、あんたを巻き込んだ。でも中国語が話せてシャーマンと話せる人が必要で、あんたとラッカム以外にこのロンドンで該当する人間がいるとは思えず、それにこんなことになるとは思ってもいなかった」不意に息が切れたような呼吸をした。「僕は何もかもを失うのがどんなことか知っている。もう二度とあんなことはいやだ」

「そうはならない。私がいる限り。全然そんなことにはならない」クレーンはためらったが、言うべきことを言った。「ゴールド夫人に話すべきだとは思わないか？」

「何を――」

「すべてを」

「ダメだ」

「理解してくれるかもしれない。君が思っているほど驚かないかもしれない」

「できないよ、ルシアン。その危険は冒せない。安全ではない」

「彼女が信頼できない、ということか？　力や、私のことを知ってしまうことに」

「その通りだ」

「この嘘つき」クレーンは言った。エスター・ゴールドの強烈な清廉さはスティーヴンのそれに匹敵する強さで燃えていた。なぜ二人がより不真面目な市民に嫌われているのかはよく理解できた。スティーヴンがカササギ王《マグパイ・ロード》の力を秘密にしておきたいのは本当だろうが、クレーンは恋人がゴールド夫人を信頼していることに大金を賭ける用意があったし、信頼に値する相手であることは間違いないと思った。「もう一度説明してみろ」

スティーヴンはテムズ川を見つめたまま、長い間黙っていた。口を開いた時には、川の水に向かって話すかのように、前を向いていた。「僕の友人たちは、中国のように、誰とベッドに行こうと気にする者のいないような国に長く住んでいた人たちではないんだ。僕の友人たちはこの地で暮らしていて、ここではそれは大問題で、それによってどんな人間か評価を受ける。僕は彼らに知られたくない」

「勘弁してくれ、スティーヴン。君の親友たちじゃないか。これは君の人生だ」

「僕の人生で、僕の決断だ」スティーヴンはぴしゃりと言った。「話すべきだという正当な理由がない限り――」

〈二人が別れなければならないことは？　立派な理由じゃないのか？〉クレーンは唇をぎゅっと閉じた。明らかにそうではないのだ。いつかはいなくなると思っている恋人のために、一番親しい者たちとの友情を賭けるつもりはないのだ。それは理解できた。

スティーヴンは少し肩を落としてため息をついた。「友達に話すことができるって、素敵だろうね」

クレーンは口調の変化を受け入れた。「ふーむ。レオ・ハートは君のことを言い当てたぞ」

「会ったことないのに！」

「君だと名前を言ったわけではない。ただ、君がいるということ。私に誰かいるということを言い当てた」〈いる？　いた？〉そのことについては考えたくなかった。「会いたいと言っていた」

「え――――」

「ダメだと言っておいたよ、心配するな」クレーンは両肩を回した。スティーヴンの耳に顔を近づけるため屈んでいたため、体が強張っていた。「彼女がもう一人の被害者だ」

「もう一人……ラッカムの？　ハート夫人を脅迫していたのか？」

「そうだ、あのクソ野郎。そのせいで、暴力的な解決を目指して奴を訪ねたわけだ」

「それで、訊きにくいけど……」スティーヴンは言った。

「レオがこの件に関わっているとは思わない。確信がある。それに、彼女がラッカムを殺したいと思ったら……」

「たら？」

「つまり、彼女が奴に死んで欲しいと思ったら、私に殺してくれと頼むだろう」クレーンは事実まさにそう言われたことを思い出しながら、軽い口調で言った。「早速このニュースを伝えに行くよ。トレーダーズ関連で何か助けは必要か？」

「本当はない」スティーヴンは居住まいを正して、再度歩くことを促した。「オーモント博士はものすごく退屈な人だね。〝アニトゥ〟に関する持論について、話をする相手ができてとても喜んでいた。ジャワのさまよえる憑依霊」正確にオーモントの口調を真似て言った。「でもネズミの信仰については特に何も知らなかったから、これ以上の講義は遠慮しておくよ」

「それがいい」クレーンは応え、二人は街の方へ向かい、西へ歩いた。「ペイトンは君に何と言っていた？」

「ペイトン。中背の、五十代の？」

クレーンはペイトンを小男と表現するところだが、スティーヴンより五インチ（約十三センチ）は背が高かったので、言うのをやめた。「熟していないセイヨウスグリを食べたイタチみたいな顔」

「それだ」思い出しながらスティーヴンが言った。「そう。化粧室までついてきて、あんたの悪口を言っていた」

「そうか。どんなことを？」

「どうやらあんたは男をベッドに連れ込むんだって。それを聞いて僕はもちろん大ショックを受けたよ」

クレーンはニヤリと笑みを浮かべた。「秘密がバレた。他に何か言っていたか？」

スティーヴンはちらりとクレーンを見やった。「ハート氏についてもあまりよく言っていなかった。ハート氏の商売についてもよからぬことを言っていて、あんたが彼を助けていた、とも」

「トムは完膚なきまでにならず者だった。それは否定しない。私は自分の判断で、協力して密輸をしていた。以前話したと思うが」

「うーん」スティーヴンは歩き続けた。「人殺しだと言っていた」

「そうか」

「意外ではないんだ」スティーヴンは言った。

「トムは人を殺させた」クレーンは言った。「人殺しかどうかは――意見が食い違うな」

「そうだね。例えば、僕の目から見たら、正当防衛もしくは悪行を止めるため以外の利己的な理由で人を殺したら――」

「立派な考え方だが、君は中国にいたことがない」

「道徳心が違う、と?」

「知っているだろう?」クレーンはスティーヴンが瞬きするのを見た。「それに命の値段がこより安い。特に上海のいかがわしい地域では。もしあの口の悪いウジ虫にトム・ハートが犯罪の首謀者だとか、私と一緒にやたらと人を殺し回っていたなどと言われたのなら、奴はひどい嘘つきだ」

「その点は同意する」スティーヴンは言った。「悪意に溢れる男だった。オーモント博士は死ぬほど退屈だったし、あのシェイコットという男はいまのこの状況においてさえも、巨大ネズミの話をつまらなくしていた。あんな経験のためにあんたが僕に立派なスーツを着せたのかと思うと、信じられないよ」

「貧相な服で行った方が、面白くなったと思うのか？」クレーンは努力していつもの口調で訊ねた。

「少なくとも慣れない服装で窮屈な思いをせずには済んだささ」スティーヴンは言い返した。

二人はどちらも感じていない軽さを装い、陽気に議論を交わしながらラトクリフ・ハイウェイまで戻った。流血や恐怖、そして来る別離に対応しないで済むのであれば、クレーンはそれで満足だったが、オックスフォード通りで別れ、レオノーラ・ハートを訪ねるために西に向かった時にも、みぞおちに居座る吐き気のような感覚は消えることはなかった。

第十一章

「来てくれて嬉しいわ」レオノーラは上海語で言った。客間の扉を閉じると鍵をサイドテーブルに置いた。明らかに眠れていないようで、顔が引きつって、年取って見えた。「あのうじ虫ラッカムがきょう五百ポンド取りに来るはずだったのに、まだ来ていない。エドワードのところに行ったのではないかと思うと気が気じゃなくて。いったい――」

「行っていないさ」クレーンが言った。「レオ、私に奴をどうして欲しい？」

「わからない。あの、あなた――というか、メリックに何とかしてもらえない？　あのおぞましい税官吏に何をしたのだった？」

「両腕をへし折って高塀の豚小屋に投げ込んだ」クレーンはその出来事をよく覚えていた。「そこで様子を見物した。最後には助け出したが、メリック一人だったら、豚に食べられても放っておいただろうな。懲りたと見えて、その後問題は起きなかった」

「ロンドンに養豚舎はあるのかしら？」レオノーラは期待のこもった声で言った。

「代わりの場所はいくらもあるだろう。それが君の望みか？」

「残りの人生、脅迫され続けるのはごめんよ」レオノーラは顎を引き締めた。「ビクビクして暮らすのも私はいや。こんな目に遭う筋合いはない」少し間をおくと、自分を笑うように言い添えた。「ただどうしたらいいのか、わからない」

「もう心配しなくていい」クレーンは言った。「あのクソ野郎は死んだ」

「何ですって？」顔に浮かんだショックは長年見慣れたレオノーラの本物の表情のように受け取れた。レオは椅子から飛び上がるように立ち、数歩歩いた。「何てこと、ルシアン。ここは上海ではないのよ。気をつけないと。何が起こったの？　なぜ？」

「見当もつかない。今朝部屋を訪ねたら、死んでいた」

「あぁ！」レオは片手を口に持って行くと安堵のため息をついた。「ああ、よかった。あなたが殺したのかと思った」

「そのようだね。模範市民だと思ってくれてありがとう」

「いえ、本当に――――」レオノーラは壁から聞こえた雑音に素早く振り向いた。「あの小うるさい従姉妹たちときたら。ひどく詮索好きで、盗み聞きをするの。具体的名前は避けて。それでいったい何があったの？　アヘンで中毒死したの？」

「いや、殺された」クレーンはレオの目が大きくなるのを見た。「私にではないがね」

「では、誰が？」

「おそらく他に脅迫していた誰かだろう」クレーンはそう言うと、何かを引っ掻くような物音を聞いて辺りを見回した。「盗み聞きのことは知らないが、間違いなくネズミがいるな」

「恐ろしいわ」かつて素手でコブラを殺したことのあるレオノーラが言った。「それにしても、本当なの？　あいつは死んだの？　神様、何という……素敵だわ。素晴らしいわ！　天に感謝を」

「感謝する相手は殺人犯だ。あまり気持ちのいい光景ではなかったぞ、レオ」

「あら、そう。そうよね。ごめんなさい――――いいえ、私はこれっぽっちも残念じゃないから、そんなふりはできないわ。これって私たちにとって、本当に幸運だったと思わない？　あら、いやだ」嫌悪のこもった声を向けたのはラッカムの死に対してではなく、壁に対してだった。「聞こえる？　おぞましいネズミたちが、すそ板の裏を行ったり来たりしているようだわ。何て不潔なの。それにこれって小さなネズミではないわ」いやそうな顔でつけ加えた。「大型のドブネズミよ」

「ドブネズミ」クレーンはおうむ返しに言うと、突然襲った恐怖の波に反応して、首と両腕の毛が逆立つのを感じた。時折スティーヴンがするように、親指と他の指を軽くこすり合わせると、何か空気中に奇妙な油気のようなものを感じとった——のか？　あるいは、想像したのか。

「——で、そうではないと思うの。ルシアン、私の話を聞いている？」

「ここから出ないと」クレーンは後ろを振り向いて壁を見つめた。「いますぐ。外に」

「何？　なぜ？」

「ドブネズミだ」

「いやね、滅多に部屋に入ってきやしないわよ」レオノーラは面白そうに言って、腕をつかんできたクレーンを凝視した。「いったいどうしたと——」視線は長身の男の背後の壁に向けられ、悲鳴に似た声があがった。「いやだ、気持ち悪い」

クレーンが振り向くと、壁からネズミたちが出てきていた。

それは灰茶色のベタっとした毛皮にピンク色のかぎ爪の通常よく見る害獣たちだったが、すそ板の隙間から先を争って出ようとしていた。それはかつて見た火事を恐れて逃げ出すネズミたちの必死の様子ではなく、〝凶暴〟という言葉が似合う、攻撃的な狂気を感じさせた。最初の一匹がむき出しの肥った尻尾をもう一匹に頭突きされながら部屋の中に飛び出て、後ろ足で起き上がると、おぞましげに注視する二人の人間に向かって黄色い歯を見せて口を開け、鳴き声をあげた。

クレーンは大急ぎで火かき棒をつかんだ。「扉の鍵を開けろ。いますぐに」

「でもただの……地獄のクソったれ！」レオノーラが叫んでいるそばからネズミは巨大化した。目の前でみるみる内に膨らみ、両目は真っ黒になり、かぎ爪が震え、巨大な切歯が空を切り裂くように伸びる。ドブネズミの筋肉が盛り上がり、ざらざらの皮膚の下で膨らむ中、レオノーラは喉から高音の鋭い音を発した。飛ぶようにサイドテーブルへ走り、鍵をつかむ間、クレーンは火かき棒をドブネズミの膨らみ続けている頭蓋に強く叩きつけた。ネズミが床に倒れると同時に、レオノーラの震える手から鍵が抜け落ちた。その間も部屋に五匹が入り込み、醜悪に、恐ろしい速さで巨大化していた。

「開けるんだ、レオ！」クレーンは二匹目の顎に火かき棒を打ちつけ、三匹目が横を抜けてレオノーラの方に向かうのを殴りつけたが、流れ寄せてくる群れを止めることはできなかった。さらに何匹もが部屋に入り込み、そのすべてがレオに襲いかかった。二匹が鍵を鍵穴に通そうとするのを阻むように、歯と爪でドレスにとりついて布を裂いていた。クレーンはさらに一匹の怪物の頭を棒で叩くと、手元で骨が砕けるのを感じた。さらに両手でもう一匹をつかんで、群れている仲間たちの上に力いっぱい投げつけた。投げられたネズミは机にぶつかると花瓶を床に落とし、再びまっすぐレオノーラに向かって行った。

〈スティーヴン、スティーヴン、君が必要な時にどうしていてくれない？〉

レオノーラはムスリンのドレスを血に染め、悲鳴をあげながらも何とか扉を開けた。一匹がその背に襲いかかった。苦悶の声を上げながらも外へ出ようと這いつくばったレオの後ろから、クレーンは腐臭のする毛むくじゃらの怪物に向かって叩きつけるように扉を押した。さらに追いかけようとしているもう一匹を足で踏みつけ、レオの体が部屋の外に完全に出ると同時に何度も扉で挟んで叩きつけると、忌まわしい獣はようやく動かなくなった。

扉を背にすると、犬並みの大きさのドブネズミおよそ十五匹と対峙していた。不動のまま、膨張して狂気じみた目でこちらを見ている。クレーンはその姿を眺めながら不思議な宿命論的平静を覚えていたが、それはすぐに圧倒的驚愕へと変化した。ネズミたちが一斉に体を翻し、巨大化した時と同じようにあっという間に元の大きさに縮みながら、すそ板の隙間に開いたわずかな穴へと戻っていったのだ。

かぎ爪で体をバラバラにされることはないのだと理解するまで、半秒ほどかかった。その後、扉の反対側から聞こえる恐ろしい物音に気づいた。

扉をはね開けると、レオノーラの二人の従姉妹と叔母、そして三人の召使が恐怖のあまり動くこともできず、立ち尽くしているのが見えた。レオノーラは床の上にいて、ネズミが体の上にのしかかっている。黄色い切歯で首を狙われ、必死に抵抗していた。クレーンは獣の尻尾と臀部をつかんで友人の体から引き剝がし、武器もないので、力いっぱい床に叩きつけた。何度か繰り返すと、獣が壊れるのがわかった。

死体を床に落とした。耳鳴りがした。いや違う、全員が悲鳴をあげているのだ。

レオノーラは頸部と肩、腕から血を溢れさせていた。ドレスと共に肉まで裂かれ、喉から恐ろしく苦しげな空気音をさせている。クレーンは傍にひざまずいた。「レオ？　レオ、何か言ってくれ！」

両目は大きく見開かれ、パニックで何も見えていないようだった。血だらけでクレーンをつかんだ両手は、体がショックで痙攣すると同時に何度も強く握られた。

「誰かグレース先生を呼んで」見物者たちが恐怖に震えてお互いにしがみつき悲鳴をあげる中、レオノーラの叔母が見当違いに言った。

「医者には私が連れていく」クレーンはレオを抱き上げた。「この家から出るんだ。いますぐ」廊下を歩いて行くと後ろに続く足音がしなかったので、肩越しに叫んだ。「まだネズミがいるかもしれんぞ！」さらに悲鳴が聞こえる中、正面玄関の扉を開け、小走りで通りに出た。

ほんの数ヤード先に辻馬車がいた。御者に向かって叫んだ。振り向いた男の目は傷ついた血だらけの女の姿に驚きで丸くなり、馬を走らせようとムチを掲げた。その時数羽のカササギが柵から飛びあがり、男の前に回ると、啼き声をあげながら、顔に羽が触れんばかりの近い所で盛んに飛び回った。御者は驚いて動きを止めた。鳥たちが姿を消す頃には、クレーンは馬車の扉を開けてレオを中に運び入れていた。

御者にデヴォンシャー通りまで乗せて行くことを納得させるまでさらに貴重な数秒と法外な十ポンドを要した。男は少なくとも急ぎ馬を走らせたが、その十分間はクレーンがかつて死刑執行を待って監房で過ごした夜よりも長く感じられた。レオノーラはしばらくじっと横たわっていたが、ピカデリーを駆け抜ける頃に激しく痙攣を起こし、馬車が停止する時にはのたうち回っていたため、押さえつけるのに必死になった。

「ゴールド先生の診療所」御者が言って、乱暴に扉を開けた。「うわ――神よ」

クレーンは陽の光の下でレオノーラを見て、これ以上ないほど口汚く悪態を吐いた。怪我人の顔は、皮膚の下で何かの気泡が膨らんでいるかのように、恐ろしく腫れ上がっていた。唇がめくれ上がり、その下に見える歯は巨大で強烈な黄色だった。

御者が大声で抗議する中、クレーンは患者を下ろすと入口までの数段をよろけるように駆け上がり、両手が空いていなかったので足で扉を激しく蹴ると、少しして憮然とした顔の看護婦が扉を開けた。

「ゴールド先生を」クレーンが息を切らしながら言うと、女は既に大声で「先生！」と叫んでいた。

浅黒い、巻き毛の男がホールに顔を突き出した。「いったいどうし――何てぇこったい！こっちへ運んで。早く、カウチの上に」

クレーンは血だらけで痙攣を続ける体を診察室のカウチの上に運んだ。ゴールド医師は看護婦に「熱い湯を、すぐにだ」と指示を出し、出血を抑えるために布切れをつかんだ。「何があった？」

「ドブネズミ。特大級の。君の奥方が追っている――」

「押さえていろ」医師はレオノーラから離れ、扉に二歩近づくと大声を上げた。「エスター？　エ、エ、エスター！」そしてカウチに戻ると、湯を部屋に持ってきた看護婦を診察室から追い出した。

「つまり、君は僕の妻の仕事を知っているんだな？　よかった、話が早くなる」医師は両手をレオノーラの上に広げた。クレーンはその両目の色が暗くなり、瞳孔が拡大するのを見た。

「君の名前は？　この人のは？」

「クレーン。これはレオノーラ・ハート」

「どのくらい前に起きた？」

「十五分――ああ、よかった」エスターに続いてスティーヴンが部屋に飛び込んでくると、クレーンは膝から力が抜けそうになりながら言った。エスターは夫の傍に駆け寄ったが、スティーヴンは手前で止まり、恐れで目を大きく見開いた。「レオだ」クレーンが言った。「ネズミ。ネズミに襲われた」

「地獄の牙《ヘルズ・ティース》よ」エスターが言った。「何があったの？」

「あんたは大丈夫？」スティーヴンがかすれた声で訊いた。

「無事だ」どうしてそんなことを訊くのか一瞬わからなかったが、クレーンが自分自身を見下ろすと、シャツとズボンが血で赤黒くなっていることに気づいた。「私は無傷だ。襲われなかった。かすり傷さえない。ネズミたちはレオだけを殺そうとした」

「まだ――殺そうとしている」ゴールド医師が歯の間から言った。

スティーヴンとクレーンは共に振り向いた。医師はレオノーラの頭の横に立ち、患者の頭蓋をつかみ、瞳孔が異常なほど膨張し、指の関節が白くなっている。エスターは夫の肩をきつく抱いていた。医師は汗をかいていた。「ダメだ――」

スティーヴンは体の向きを変えると手を伸ばし、ゴールド医師は息を深く数回吸い込んだ。クレーンは三人の能力者が力を集中させているのを部屋の空気の流れから感じることができた。医師は歯を食いしばり、必死の表情だった。レオノーラはカウチの上で激しく痙攣し、片手をかぎ爪のような形で空を切るように突き出した。

「何が起きているの？」エスターが言った。

「止められ……ない。毒だ。血流の中に。いたる所に。多すぎる。押さえ、押さえるんだ」レオノーラが突然腕をバタつかせたため、医師が言った。スティーヴンは飛ぶようにカウチの反対側に移動し、クレーンがもう片側から、それぞれレオの手首を握った。クレーンは動こうとするレオの手を押さえつけるのに渾身の力をこめなくてはならず、友人を傷つけやしないかと不安になった。

レオノーラの頬と首は腫れては縮み、鼻と上唇は不自然によく動き、臭いを嗅ぐような、何かを探しているような様子だった。

「〝アニトゥ〟だ」スティーヴンが言った。「さまよえる憑依霊。中に何かいるかどうかわかる、ダン？」

「わからん。毒だ。弱りすぎている。僕には止められない」

クレーンは顔を上げて医師を見た。スティーヴンから、治療師としての腕前はよく聞いていた。失敗する可能性など考えたくなかった。

「続けろ」うなり声で言った。

「やっている。ステッフ、もっとだ」

スティーヴンはレオノーラの腕をつかむ両手に力をこめた。それ以上見ることはしないで、クレーンは自分の両手に目を落とした。

もしいまスティーヴンを見てしまったら、相手はきっと自分の気持ちを読むだろう。本当は、カササギ王《マグパイ・ロード》の力を使って欲しいと頼み、懇願し、命令したかった。いますぐ、レオノーラを助けてくれと。

でも、それはできない。それは頼めない。その権利はない。スティーヴンの人生と将来がこの秘密にはかかっている。クレーンが決断を下すわけにはいかなかった。

スティーヴンが秘密を守ったら、レオノーラは死ぬ。

スティーヴンの人生とレオノーラの命、二つの天秤の間で身動きがとれず、喉の奥には表現しようのない怒りと苦痛が溜まり、クレーンは自分を呼ぶスティーヴンの静かな声が聞こえても顔を上げられなかった。もう一度呼んだ時も。「ああ、もう！」と三度声が聞こえた時に顔を上げると、もうスティーヴンがメスでクレーンの手の甲に傷をつけ、大きな切り口ができた後だった。クレーンの視線がその顔を捉える中、スティーヴンは自らの手の付け根にも傷をつけ、レオの体の上でクレーンの傷口に血濡れた手を重ねた。

「ステッフ！」エスターがおぞましげに叫んだ。

「続けて、ダン」スティーヴンは静かに言った。クレーンのそれを一瞬捉えた目は、声には現れなかった苦痛のようなもので大きく見開かれていた。そして力を引き出し始めると、スティーヴンはクレーンの肌に突き刺さる熱い氷の針のような感触を両手から放射し、両目は突如カササギでいっぱいになった。

クレーンは体を何かの波が駆け抜け、筋肉と内臓と骨に鳥肌が立つように感じた。髪の毛が逆立つのを感じ、スティーヴンの目が黒、白、そして青に変わる中、その髪も目に見えて逆立っているのがわかった。スティーヴンがさらに強く吸引すると、オーガズムにも似た緊張感が体の中を走り、クレーンをより高みへと持ち上げた。エスターが叫び、レオノーラはあえぎ、ゴールド医師は苦痛あるいは快感でうなって、スティーヴンはクレーンの血の力に火を灯して力強い生命に変え――。

――――全員で絶頂を迎えた。

クレーンは瞬きをした。奇妙な感じがしたが、落ち着いていて、心なしか眩暈がした。アヘンを少し吸った時に似て、幽体離脱したかのように、自分の体と魂がちゃんと一緒にいるか確認したくなるような感覚だった。

スティーヴンの目は瞳孔が拡大して黄金色に輝き、白と黒の影が羽ばたき、明滅していた。その顔はまったく動かなかった。

一方、ゴールド医師は顔に信じられないという笑みを浮かべていた。

「いいぞぉ」両手をレオノーラの上に滑らせると、体の痙攣が止まった。「おお、すごい。素晴らしい。さぁ、そこから出て行こうか、いいな?」

「いったい何をやっているつもり?」妻の声はかん高かった。

「僕の仕事さ、君」ゴールド医師は獣じみた笑顔を浮かべた。

エスターは腕組みをし、真っ赤な顔で背を向けてその場を離れた。

「さぁ、外へ出てしまおう。なんて簡単なんだ。いとも簡単なこった」ゴールド医師が指揮者のように片手を動かすと、レオノーラの傷口と目と口から濃い茶色の煙が噴き出し、一瞬で空気に溶けた。「行け、出て行け、そぉら行った。これでいい。いったい何を困っていたんだ?さて、今度はご婦人を治そう」レオノーラの顔を見下ろすと、両手をその上に置いた。医師は深く一呼吸すると、頭を反らせ、快感に酔ったように口を開けた。両手の周りの空気は重く、粘り気があった。

　クレーンは無表情にレオノーラを見下ろしているスティーヴンの顔に視線をやった。手はクレーンに重ねたまま、レオの体の上にあった。指にはカササギ王の指輪をはめていた。いつもは首の周りのチェーンに巻いて、刻印のされた金色の古い指輪への無用の注目を避けていたが、もうそれも意味はない。

「気をつけて、クレーンさん」ゴールド医師は言った。「さぁ、行くぞ」

　それは、単純に、治癒していった。肩の下から肉体が徐々に再生し、避けた傷口や噛み跡が消えていくのを、クレーンは半分信じがたい思いで見ていた。レオの病的な顔色もだんだん健康的なピンクに代わり、呼吸も規則正しく安らかになった。やがてゴールド医師は患者の頭から手を離すと、傷一つない肌には、恐ろしい裂け目のあった場所に消えゆく線がかすかに見えるだけだった。

「クソったれ《ッェナ》」クレーンは囁いた。「ありがとう、先生」

「感謝はしないで」エスターが言った。「この人の力じゃない」

　医師は顔を上げた。瞳が輝いていた。「でも、僕に使えた。使えるんだよ。ヘンヴィル夫人のガン。ルーシー・ギレットの肺病――」

「ダメ、ダメ、ダメ、ダメ」エスターの声は厳しかった。「やめて」

「でも、何ができるか考えてみろ。僕に誰が治療できるか、想像してみろよ。たくさんの人を治せる」その顔は純粋な驚異と欲とで輝いていた。

「やめて、ダニー。いますぐ、やめて」

「いやだ。やめたくない」

「やめて！」

スティーヴンが唐突にクレーンから手を離すと、夢の中で落下するかのように、一瞬の方向感覚の喪失と共に、世界は普通に戻った。ゴールド医師は苦痛と憤慨の声を上げてクレーンの方に手を伸ばしたが、エスターがその前に立ちはだかってしきりに話しかけていた。スティーヴンは数歩退いて壁に向かって立った。クレーンは無傷で平和な表情のレオノーラ、傷跡の消えた自分の手、恋人の強張った肩、そしてゴールド夫妻を見た。ゴールド医師はカウチの頭側に置いてあるスツールに座り、両手に顔を埋め、エスターが心配そうに、憤慨した表情で夫を抱きかかえていた。

部屋から力が消えていくと共に、沈黙が重くなった。

「それで」ようやく、エスターが言った。「血の魔法《ブラッド・マジック》」

「そうじゃない――」スティーヴンは振り向かずに話し始めた。

「あなたは彼の血を使った。ここ何ヵ月も使っていたのね」

「二回だ。使ったのは二回だけ。それに――」

「私に嘘をつかないで」エスターの声はムチのように空を切り裂いた。「私は見たのよ。どうやるの、傷をつけるの？　血を飲むの？」口調は怒りと軽蔑に溢れていた。

「そんなことはしない」スティーヴンは淡々と話した。絶望的な声音だった。「今回が二度目だ。もし信じてくれないなら——」

「ええ、信じない！」エスターは叫んだ。「はっきり見たわ。何ヵ月も使っていたのはあの力、でも私は協議会《カウンシル》の前で、〝いいえスティーヴンは魔道士《ワーロック》になんかなっていません〟と証言した。それなのに——血の魔法を目の前で使って、面と向かって私の顔を見て認めようともしないなんて、この臆病者の——」

「ゴ、ゴ、ゴールドさん！」クレーンは、取引場で鍛えた十年来の年季がこもった声で吠えた。それは壁に反響し、ゴールド医師が思わず顔を上げ、エスターを少しの間黙らせた。

「ゴールドさん」クレーンは再度、少し音量を落として言った。「デイさんが言ったのは、まったくの真実だ。こういう風に私の血を使ったのは二度目で、最初は私の命を救うためだった。これはデイさんが選んだことでも願ったことでもなく、誰かの責任だと言うのならむしろ私の責任で、もし誰かに怒鳴りたい気分だったら、ゴールドさん、私に向かって怒鳴ってもらえれば、どちらの声が大きいか比べることができよう」

「怒鳴りたくなんかない」エスターは歯を食いしばりながら言った。言葉はスティーヴンに向けられていた。「私が求めているのはちゃんとした説明。血の魔法じゃないとあなたは言った。わかった、それが本当だとしましょう。それならば、いったいどうやって何ヵ月もの間、力を得ていたの？　血の魔法でないのなら、源はいったい何？」

　スティーヴンは振り返った。チョークのように白い顔だった。「それは――転移の一種だ。でも、血は純粋な触媒だ。それはわかるだろう。もし僕が彼から力を吸い取っていたならば、いま頃は跡形もなく塵になっている」

「それは本当だ、エスター」ゴールド医師が弱々しく言った。「僕にもわかる」

「触媒。それで、この数ヵ月、その血が触媒になっていたのは、なぜ――？」

「そうじゃないんだ。正確には。えーと――」

　エスターは腕を組んだ。顔は不信と嫌悪で満ちていた。

「つまり」スティーヴンは目を閉じた。「それは……物理的なことなんだけど、血ではなくて、起きるのは僕らがその――」声が枯れて、絶望的な視線がクレーンに向けられた。無言の嘆願に、長身の男は二歩前進し、何も言わないようにときつく握りしめていた両手の拳を広げ、抱きかかえるようにスティーヴンの震える細い両肩に置いた。

「ははぁ」ゴールド医師が言った。

「スティーヴンと私は恋人同士だ」クレーンは大きく広がっていくエスターの目を捉えた。スティーヴンの方を見て欲しくなかった。「四ヵ月ほどになる。私の知る限り、それが力の転移の原因だ。血の魔法でも、魔道士でもない。二人でベッドに行くとそうなる。これは私の家系に起因することで、私にも彼にも制御しようがない。それがすべてで、もしこのことについて何か意見があるのなら、私に言ってくれたまえ」最後の言葉に思った以上に敵愾心《てきがいしん》がこもったが、スティーヴンが前面に立って責められるのは耐えられなかった。

　エスターは張り詰めた顔に様々な感情を交錯させ、クレーンを見返した。クレーンは視界の片隅にゴールド医師の真剣な顔を認めた。両手で抱えたスティーヴンの体は緊張で硬く、頭は下を向いていた。

「本当なの？」しばらくしてエスターが訊いた。

「うん。僕は――僕たちは――その通りだ」

「あなたたち、二人。源は彼なのね」

「血と、骨と、鳥の唾液」スティーヴンの声は細かった。「他の誰にも言ってはダメだ、君たち二人とも、彼が源であることは言わないで。お願いだ。協議会には何と説明してくれてもいい、エスター、何でも好きに報告してくれ。僕は君が言えばいつでも辞めるが、このことは誰にも知られてはいけない。めちゃくちゃにされる」

「君が私のために辞職する必要などない」クレーンは厳しい口調で言った。「ゴールドさん、彼は何にも違反してやしない。何一つも悪いことはしていない」

　スティーヴンはほとんど笑いそうな表情で言った。「ルシアン、僕たちは法律を犯しているんだよ」

　エスターはスティーヴンを見ていた。「つまり、このせいで私たちはあなたがおかしくなったと思わされた。これを隠すために。そんなバカな！」そう言うと唐突に後ろを向いた。スティーヴンは激しく体を震わせ、クレーンは手にかける力を強めた。

ゴールド医師が長いため息をついた。「ああ、ステッフ。何か言ってくれればよかったのに」

スティーヴンは喉から詰まったような音を出した。クレーンはゆっくりと言った。「話せばよかったと？」

「そう、実際、話してくれればよかった。僕たちもバカじゃない。何てこった、ステッフ、僕たちが理解するとは思わなかったのか？」

「理解できないわ」エスターが振り向いて言った。顔が赤かった。「クソバカのスティーヴン・デイ。この頑固者。人でなしの悪人の――私は、もう少しで――地獄に落ちればいい、いったいどのくらい心配したと思っているの！」

その声はかすれていた。クレーンは手の中でスティーヴンの体が硬くなるのがわかった。恋人の肩の上に置いた手の力を本能的に強めたが、当のスティーヴンは体を離すと、「エス！」と叫びながらパートナーの許へ駆け寄った。

エスターはその腕に飛び込むと怒り混じりでしゃくりあげ、泣き出した。スティーヴンはパートナーの肩に顔を押しつけて何か意味不明の言葉をつぶやいた。エスターは拳で相手の背中を強く叩いた。「何で言ってくれなかったの？」涙ながらに言った。「話してくれればよかったのに！」

安心で力が抜けたクレーンが二人から一歩離れると、カウチの方から低い口笛がした。振り返るとゴールド医師が頭で合図するのが見えたので、傍に移動した。「先生？」

「いや、特に何もないんだ」ゴールド医師は言った。「ただエスターが泣いているところを見られたと気がついたら、後で君が辛いことになる」

「ははぁ。感謝する」クレーンはスティーヴンとエスターに背を向けた。二人は涙ながらに早口で同時に話していた。スティーヴンの「ごめん、ごめん」と何度も謝る声、そしてエスターが憤った声で「そんなこと気にしたりしない！」と言っているのが聞こえた。

代わりにゴールド医師に注意を向けた。「大丈夫ですか、先生？」

医師は渋い顔を作った。疲れた様子だった。「もっとひどい目に遭ったこともある。それで。君とスティーヴン」

「そうだ。君はあまり驚かなかったようだな」

「まぁ、彼とは十年来の親友で、その内五年は妻の仕事のパートナーでもある。いくらでも観察する機会はあった。僕が結論を導き出したのは、異性に対するまったくの興味の欠如からだったな」ゴールド医師はそう注釈した。

「心に留めておくよ」

「この能力の問題は、この春、田舎での大げさな事件から戻ってから始まった」ゴールド医師は言った。「確か、スティーヴンは血と骨と鳥の唾液の絡む事件だと言っていたと記憶している。つまり、君のご先祖がカササギ王ということになるのかい？」

「そういうことになる。クレーン卿だ」握手に手を差し出した。

ゴールド医師はその手を取った。「ダニエル・ゴールドだ。なるほど、それでステッフは他の皆から離れて、君のことを秘密にしていたわけだ。それで、君の父親がステッフの父親を死に追いやったと考えていいのか？」

ほとんど暴力的なほど直截な言い方だった。クレーンは声を平静に保った。「その通りだ」

「ふーむ。幸先のいい出だしとは思えないな」

実際、幸先はまったくよくない始まりだった。クレーン自身も憎悪する家族が、スティーヴンとの最初の出会いに暗い影を落とした。その話をするつもりはなかったので、ただ肩をすくめた。

ゴールド医師は片眉を上げた。「そんな状況下でどうしてステッフが、その、関係を持つ気持ちになったのかは不思議だな」

「それは本人に聞いてくれ」

「そうするよ、次回、嘘八百を返されてもいいと思った時にな。クレーン卿、僕はとてもよくステッフを知っている。あいつが逮捕の危険を顧みず、身の破滅と仕事上の評判を失うような賭けに出たのは、知り合ってからこれが初めてだ。君のために危険を冒したのかと思うと実に驚いている。感心していると同時に、少し心配している」

「苦しませるようなことは、私がさせない」

「長期的に考えると、それはどうかな」ゴールド医師は言った。「僕には危険なゲームのように思える」

クレーンは二人の審犯者《ジャスティシアー》がまだお互いに集中している状態であることを肩越しに素早く確かめた。「君の心配はわかるよ、先生。わかるし、その気持ちを尊重しつつも、これは君には関係のないことだ」

ゴールド医師は特に気にした様子もなく両手を開いた。「そうかもしれない。でも彼はいま、僕の診療所で、僕の妻の肩で涙ぐんでいる。だから、僕には何かしら言う権利があると思う。他でやってくれというだけかもしれないが」

クレーンはどう返事をすればいいか確信が持てなかったので、黙っていた。医師は続けた。「僕たちはただ、ステッフのことが好きなんだ。そうは見えないかもしれないが。傷ついて欲しくない」

「ゴールド夫人も同じ気持ちなんでしょうな」

医師はしかめっ面をした。「エスターは、思われているほど気性は悪くない。いや、実際かなり激しいが、今回は怒鳴っても許されるはずだ。スティーヴンのせいでひどく落ち込んだ数ヵ月を過ごしたから」

「スティーヴンにとっても同じだった」クレーンは即答し、医師の表情にわずかな同意の印を見て取った。

「まぁ、君が言うように、彼の問題だ。でも十分気をつけてくれ、クレーン卿。そして、プロとして、内密に相談に乗ることはできるので、言ってくれ」クレーンには相手が何を言いたいのかわからなかったが、訊く暇もなくゴールド医師の視線はクレーンを通り越した。「おお、正義の使者たちのご帰還だ。二人とも気が済んだか？」

クレーンが振り向くとエスターとスティーヴンがすぐ背後にいた。二人とも頬と目が赤かったが、少し落ち着いていた。スティーヴンに片眉で合図を送ると、涙目の笑顔が小さく返ってきた。

「あのぉ。ダン……」スティーヴンがぎこちなく言い出した。

ゴールド医師はスティーヴンの肩をつかむと小さく揺すった。「スティーヴン・デイ、この大バカもんが」

「わかってる」

「よかった」エスターが言った。「これでいい。さぁ、仕事に戻りましょう」

第十二章

仕事を再開するため、まずゴールド医師が、魔法で眠っているレオノーラの意識を呼び覚ます必要があった。無傷の腕を見下ろすレオに、医師は慎重に説明を始めたが、クレーンがそれを遮って言った。「彼らはシャーマンだ。魔法だったんだ」

レオノーラは無茶な状況にも関わらず比較的すぐに現状を理解したが、引き裂かれた血まみれのドレスのままで質問を受けることを拒否した。エスターはレオを着替えさせるため一緒に部屋を出て行き、一方メリックがクレーンの血だらけのスーツの替えを持って到着するのを待ちつつも、ゴールド医師がシャツを探しに出た。

少しの間、スティーヴンとクレーンの二人きりになった。

「大丈夫か?」クレーンが訊ねた。

スティーヴンは恋人に近寄ると、両手を広げて届く限りクレーンの体を包み、血で汚れたシャツに顔を埋め、きつくしがみついた。「ああ、神様、ルシアン。こんなに恐かったことはない」

「わかっている。二人で魔道士《ワーロック》たちに殺されかけた時の方が、きょうほどは怖がっていなかった」

「あの時は死ぬだけだった。今回はエスターだった」スティーヴンはさらにすり寄り、クレーンの胸元に顔を乗せた。少し震えていた。「神様、僕は本当に臆病者だ。離さないで」

「そのつもりはないよ」クレーンは巻き毛を撫でながら言うと、その声の中の何かが恋人の顔を上げさせた。

「僕に、やってくれと頼まなかったね」スティーヴンは少し体を離した。「あんたは僕に何の借りもない。あれは僕の選択だった」

クレーンはずいぶん前に思えるあの朝の言葉が聞こえる気がした。〈僕は残りの人生を考えて選択をしなければならない〉小柄な体をできる限り近くまで、強く抱き寄せた。

「ゴールドは間違ってない。君も私もバカ者だ。二人を足し合わせても村のお調子者にさえなれやしない。忌々しい」階段を降りる足音が聞こえたので、言い添えた。「後でゆっくり話すからな」

「どういう意味？」スティーヴンが心配そうに訊いた。

「怒鳴って。ファックして。崇拝する。来い」スティーヴンの顎を引き上げて口に強くキスを置き、大きめの麻シャツを持ったゴールド医師が扉を跳ね開ける寸前、手を離した。

「君に着られそうなのはこれくらいしかなかった、そら。婦人たちは準備ができている。上に行ってくれれば、患者を何人か診られるかもしれん。いったい全体、そりゃ何だ？」

「刺青《タトゥー》だ」医師が肌の上を踊る彩りに驚嘆の視線を向ける中、クレーンは汚れたシャツを脱ぎ終えた。「中国で刺した」

「動いてるぞ！」

「動くんだ」スティーヴンが言った。「訊かないで」

「まったく君らしいよ、ステッフ」ゴールド医師は参ったように言った。「君らしい。超常能力でさえ、他の人間とは違うんだ。さあ、早くこのでっかい魔法のランタンを連れて出て行ってくれ、ここは僕の診療所でサーカスじゃないんだ。行って！」


エスターとレオノーラは階上にあるゴールド家の小さな応接間で待っていた。入っていく時、クレーンはまだ顔にニヤニヤ笑いを浮かべていた。部屋は狭くむき出しの床板にクッションやラグ、積まれた本で覆われた安手の家具が置かれ、ヘブライ語と思われる書き文字の魅力的な壁掛けが二つ飾られていた。クレーンとスティーヴンが入って行くと、二人の女は一緒に座っていた。似たような肌や髪の色の二人は背の高さも同じくらいだったが、レオノーラは借り物の平凡なドレスから体の曲線がはみ出そうだった。エスターはそのありがたくない対照に気がついていないように見えた。

「素晴らしいほど……何事もなかったように見えるな」クレーンはレオに言った。「スティーヴン、ハート夫人だ。レオ、こちらはスティーヴン・デイ。まだ知らないようであれば説明すると、ゴールドさんとデイさんは審犯者《ジャスティシアー》だ。シャーマンの法の番人。さて、注意して聞いて欲しい。君を襲ったネズミたちがラッカムを殺した。その前にライムハウスで男を二人殺し、ラトクリフ・ハイウェイで家族を死なせている。背後には、必ずしもそうではないかもしれないが、おそらくシャーマンがいる。ネズミたちは間違いなく君を狙っていた。私にはまったく触れなかった。君を狙っているのは誰だ？」

「誰も」

「もっと頑張れ」

「誰もいないって言ったじゃない」レオノーラは強い口調で返した。「誰にも殺される覚えはない。私に敵なんていないない」

「ラッカムは？」

「それがどうしたっていうの？　もう死んでるわ」

「君を脅迫していた」クレーンはレオが憤慨の表情を浮かべるのを見た。「ごまかそうとするな、アダイ、奴が脅かしていないのは、この部屋ではゴールドさんだけだ。私の知る限り」

「その通り」エスターがきっぱりと言った。「ハートさん、彼は他に誰を脅迫していた？」

「そんなこと知るわけない！」

「要点は」スティーヴンが言った。「あなたとラッカムさんには明らかに共通の敵がいるということだ。脅迫がその共通点であるのなら――」

「あの雑巾みたいな男とは、トムが死ぬ前からだって無関係だったわ。人間にしておく価値もなかった」レオノーラは心底正直に話しているように聞こえた。「あの男が私を脅迫していた内容だって……そりゃ、理由はあったかもしれないけれど、他のこととつながっているとは思えない。他に死んだのは誰なの？」

「ラトクリフ・ハイウェイの家族はトロッターといった」スティーヴンが言った。「死んだ中国人はツェン・マーとボー・イー」

「聞いたことのない名前だわ」レオノーラが応えた。

「では、ジャワについては？」クレーンが訊ねた。「特にスマトラ。オランダ領東インド。このネズミ話の出処はそこのようだ」

「だから？」

クレーンは上海語に切り替えた。「君の二番目の夫はオランダ人だった」

「ちょっと失礼」エスターが大声で言った。「英語でお願いしたいわ」

「個人的な話に関係しているの。私には関連があるとは思えない」レオノーラはスティーヴンからエスターに視線を移した。「命を救ってもらったことには大変感謝しているけど、私には見当もつかない。スマトラについてはクレーン卿と共通の知り合いが数人いるだけで、ラッカムが何をしようとしていたかは知らないし、殺された人たちのことも知らない。正直言って、どうして私が狙われるのか、まったくわからない。何かの間違いではないの？　誰か他の人を狙ったのでは？　その方が理解できる」

「ネズミたちが襲ったうち、二人が中国人の能力者《プラクティショナー》、中国で仕事をしていた男、そしてあたも中国帰り」エスターが言った。「何かしらパターンがある」

「能力者って何のこと？」レオノーラが訊ねた。

クレーンは応えようと口を開いたが、その時礼儀正しいノックの音がして、メリックが包みを抱えて現れた。「失礼します」と言って話し始めたが、主人の様子を見てたじろいだ。「いったい何があった？」

「悪いのはレオだ。私の服の上で盛大に出血した」

「それはホークス&チェイニーのスーツだ！」メリックが憤慨して言った。「その染みはきっともう絶対にとれない」

「次回はもっと気をつけて血を流すようにするわ」レオノーラは請け合った。「こんにちは、フランク」

「どうも。大丈夫か？」

「彼女は大丈夫だ。犯人はネズミだ」クレーンは包みを受け取った。「ラッカムを殺したものと同じ。ちょうどいい、お前はツェン・マーとボー・イーを知らないか？」

メリックは無表情だった。「知っているとは言えないな、閣下《マイロード》。それは誰だ？」

「死んだシャーマンたちだ」

「ライムハウスでネズミに殺されたあのシャーマンたちのことか？　それがそいつらの名前だというのか？」

「そうだ」

「本当に？」メリックは顔をしかめた。「確か違う名前を名乗ったと思うが」

「名乗った？」スティーヴンが反応した。「死んだ二人のことだけど？」

「死んでからの話ではありません、サー」メリックが説明した。「中国での話です」

クレーンは喉を詰まらせた。「何だと？　いつの話だ？」

「以前、会った時にだ。もう何年も前の話だ」

「あの二人を知っていいたのか？　なぜ言わなかった？」

「なぜ言わなかったかって？」メリックが応じた。「〝そうそう、あの死んだシャーマンたちは中国から渡ってきた連中だよ〟って、誰か知り合いに遭うたびに報告してたら、他に何もできなくなっちまう！　閣下」

クレーンは従者をにらんだ。「ごまかすんじゃない。それで、誰なんだ？」

メリックは困って両手を上げた。「よくは知らん、知るはずもないだろう？　場末の店で見かけた田舎者のシャーマンたちで、何者でもない。こっちは向こうを知らないし、向こうもこっちを知らない」

「ではなぜ覚えていた？」スティーヴンが訊いた。

「つまり、売春宿でシャーマンを見かけることはあまりないんで、サー。それに二人は妙に目立つ人相だった。この間見た遺体はひどい状態で、年を取っていたが、一人は頬に生まれつきの痣があって、花の形をしていて。もう一人は顔がマーボー豆腐みたいだった。アバタだらけだったってことです、サー。印象に残った」

「なるほど。ハートさん？」エスターは言った。

全員が振り向いた。レオノーラは空を見つめ、口を半開きにしていた。肌は青ざめていた。

「レオ？」クレーンが呼びかけた。

「シャーマンたちは誰だったんです、ハートさん？」エスターが訊ねた。

「パ・マーとロウ・ツェフン」レオノーラはつぶやいた。「二人が死んだ？　そしてラッカムも……。いや。いや、いや、いや。私、ここから逃げないと」

「どこにも行かせない」クレーンは立ち上がった女の手首をつかんだ。

「離して！」

クレーンはさらに握りを強くした。「座れ」

レオノーラは無意味に抵抗した。「離してよ、この野郎」英語でうなるように言うと、ハッとして子供のように口元に手をやった。

「言葉使いに気をつけろ」クレーンが言った。「バカなことをするな。何であろうといますぐこの二人に話すのが生き残る最善の策だ」

レオは息を呑んだ。「死んだ方がいいって思われる」

「誰が狙っているのかを言ってくれれば、止められる」スティーヴンが言った。

「違う。あなたたちのことよ。私なんか死んだ方がいいって思うわ」

スティーヴンとエスターは顔を見合わせた。

「一般的に」スティーヴンは注意深く言った。「僕らはあまり人に死んで欲しいと思ったりしない」

「あなたの言い分を話して」エスターは言った。「ハートさん、まず話を聞かせてもらえないかしら、その上で私たちがどう思うか知らせるわ」

「誰にも手出しはさせない」メリックが言った。「俺と閣下がここに立っている限りは。デイさんに話しちまって、これ以上心配しない方がいい」

「あんたはいつから法の番人の味方になったのさ?」レオノーラが上海語で訊ねた。

「そこの高貴なお方が一緒に寝るようになってからだ。悪いことは言わない、ちっこい方は味方にした方がいい」

「そこまでだ」クレーンが英語で言った。「座らないか」

手首を再度引っ張ると、レオは椅子の一つに崩れるように座った。目が潤んでいた。

「トムと関連しているんだな?」クレーンは友人の顔を見ながら言った。「何があった?　彼が何をした?」

「トムって誰?」エスターが訊いた。

レオノーラは両手の平の根元で顔をこすった。「私の夫……ビジネスマンだった、上海で」

「トムは小さな合法の会社と共に、より大きな規模で違法な商売を行っていた」クレーンがきっぱりと言った。「密輸業を幾つかと、真っ当とは言えない様々な商売に出資していた。容赦ない男で、裏切りを許さなかった。続きをどうぞ」

「あの人はあなたを愛していた」レオノーラは非難めいた口調で言った。

「私もトムを愛していた。何をやったんだ?」

「パとロウ。二人はシャーマンだった。西山《シーシャン》出身の田舎者。二人はシャーマンになりたくなくて、都会に憧れていた……。シャーマンは、この国でも同じなの?」

「たぶん違う」クレーンは二人の審犯者に説明した。「中国のシャーマンというのはもっと聖職というか、僧侶みたいなものだ。厳しい鍛錬を行い、禁欲主義で、酒も飲まなければ賭け事や麻薬などにも手を出さない。結婚をすることはあるが、買春はしない。正しく生きる人々だ」

「でも、パとロウはそうではなかった」レオノーラは言った。「たぶん西山から逃げてきたんだと思う。上海で暮らしたかったけど、金もなく、田舎者で、どうしようもなかった。それでトムが……トムはそこにチャンスを見いだしたの」

「何のために……？」

「二人の能力を利用すること。トムはそういう人だった、自分の仕事に他人をうまく使った。そんな彼の前に、酒を飲んで、女を買って、賭け事をしたいだけの田舎の若いシャーマンたちが現れた。二人は他のシャーマンたちに再教育のために連れ戻されるのを恐れていた。そして、恐ろしいほどの能力を持っていた。だから、トムは二人を保護下に置いたの」

「待て」クレーンは眉をひそめた。「いったいいつの話だ？　そんな話、私は聞いたことがないぞ」

「あの年、あなたは北方に行っていた。ほら、あの将軍とバカみたいに遊んでいた時。これはあなたが発ってから起きた話で、帰る頃にはとうに終わっていた」レオは深呼吸した。「パとロウは頭が悪くて欲深で怠け者だったけど、格別悪い男たちではなかった。最初は。でも二人に何かが起きた。堕落していった」レオの目は遠くを見ていた。「悪くなったの。ひどく酔っ払うようになった。トムの与える仕事に深入りしすぎた」

「何をやらせた？」

「請求書を払わない連中から金を取り立てる。取引を成立させる。問題を解決する。そういう仕事」

「シャーマンがそんなことをしたのか?」メリックは衝撃を受けたように聞こえた。

レオノーラは仕方ないという風に肩をすくめた。「トムがどんな人かは知っているでしょ。酒と女とアヘンを与えて賭場で遊ばせておけば、二人は言う通りに動いた。私は二人が嫌いだった。最初は普通の人間だったけど、変わっていった。私もだんだん怖くなってしまった」

「中国のシャーマンに規律があるのには、理由があるのかもしれないわね」エスターが静かに言った。

「そこにラッカムが問題を起こした。彼は二人とトムと一緒に働いていて、何かの連絡係として動いていた。助けを求めてきて、パとロウが一緒に行って、それで……少女が死んだ」レオは唇を噛んだ。「連中が殺した」

「シャーマンが?」クレーンは言った。「シャーマンが少女を殺したのか?」

レオノーラは絡めた両手を見つめて頷いた。「故意に、だったかどうかは、わからない。事故だったと言っていた。でも彼女は死んだ。だからトムは助けたの……。わかるでしょう?」

「事件を隠蔽した?」クレーンはスティーヴンの視線を受け、あまり味わったことのない、歓迎されざる恥の感覚が身内に湧き上がるのを感じた。

「でも気がついた人がいた。別のシャーマンがトムの許へやってきた。すべてを見透かされていた。パとロウには裁きを受けさせ、ラッカムを殺人で当局に引き渡すと言った。トムも責任を問われるだろうと。シャーマンは怒っていて、脅かしてきた、それで——」レオは唇を舐めた。「パニックになったの。パとロウとラッカムが。まさか歯向かうとは思わなかったんでしょうが、連中は抵抗したの。そして、シャーマンは殺された」

「シャーマンがもう一人。私が北方にいる間に」クレーンは自分の声が耳にうつろに響くのを感じた。そして、ある恐ろしい疑惑が頭をもたげた。

「一人で来たのよ。中国ではシャーマンは一人で動くの」レオノーラはエスターに説明した。

「ラッカムは、死体を鉄の箱に入れて港に捨てたら、跡を辿れないだろうと言ったの。だから、そうした。そして――」

「ちょっと待った」どうやら同じ疑惑がメリックの脳裏にも浮かんだようだった。「そのシャーマンって言うのは。まさか――」

「ジャン・ジーイン」クレーンが言った。「トムがジャン・ジーインを殺させた？　ト、トムが？」

「殺させたわけじゃない！　ただ……そうなってしまったのよ」

「マザーファ、ファック！」クレーンは椅子から飛び上がるように立つと、窓まで歩いた。「すまない、ゴールドさん。謝る」

「気にしないで」エスターが乾いた口調で言った。「代わりにその男が誰なのかを教えて」

クレーンは両手で髪を梳いた。「上海で最も強力で、影響力のあるシャーマンの一人だ。その失踪は、私が満州から戻った時にもまだ大きな話題だった。未だに行方を捜しているはずだ。

カンタベリー大司教を殴ってテムズ川に遺棄したと思ってくれ」

エスターはレイディらしからぬ口笛を鳴らした。「遺体は見つかっていないの？」

「私たちが出発した時点では、少なくとも見つかっていなかった。まだ一年も経っていない。事件は十三年くらい前の話か？」

「でも旗竿の話はどうなの？　シャーマンをきちんと埋葬しないと恐ろしいことが起きるんでしょ」

「確か、魂が吸血鬼になる、と言っていたね」スティーヴンの声は職業的で無感情だった。

「そこはジャワの〝アニトゥ〟の話と似ている。死人の魂が動物の形を借りて殺人を犯す」

「そのジャンとか言う男がネズミに取り憑いていると思うの？」エスターが感慨深げに言った。

「だとしたら、興味深い話ね」

「それどころではない」クレーンがぴしゃりと言った。「でもそんなことはあり得ない。世界の反対側の話だぞ！」

エスターは肩をすくめた。「大司教を殺した後、そのシャーマン二人とラッカムはどうなったの？」

「トムが追い払った。パとロウを中国の反対側に送り、ラッカムをマカオ行きの船に乗せ、二度と戻るなと言った。私はパとロウには二度と会っていない。ラッカムは数年後、トムが死んでから舞い戻った。アヘン中毒になって」レオノーラは絶望的な視線を周りに送った。「もうすべて終わったと思っていた。忘れていた」

　クレーンは腰掛けると両手に顔を埋めた。「忘れたのか」

「だって、どうしろって言うの？」レオは強い口調で言った。「港を掘り起こして、近親者に骨を届けろと？　尼寺にでも入れと？　その男は死んでいるのよ！」

「復讐しているのは誰だ？」スティーヴンが訊ねた。

　レオノーラは首を振った。「わからない。弟子や信望者はたくさんいたわ。可能性は幾らでもある」

「違うと思う？」スティーヴンはクレーンの表情を見て言った。

「何かおかしい。もしジャンの信望者なのだとしたら、こんなにまわりくどくないはずだ。パとロウ、そしてラッカムを罰しに連れ帰るなり、君にも直接話に来るはずだ。そのこと自体を派手に知らしめただろう。このネズミを使ったやり方は正義を求めるというより、復讐だ。特にラトクリフ・ハイウェイのことを考え合わせるならば。あれはシャーマンの――――本物のシャーマンの――――やり方ではない」

　エスターは頷いた。「少女については？」

「どの少女？」レオノーラがぼんやりと訊いた。

「あなたの夫が隠蔽した少女の殺人だ」スティーヴンが言った。クレーンはレオと共にぴくりとした。「誰だったの？」

レオノーラは顔を赤くした。「よく考えていなかったわ――誰だかは知らない。名前はアラベラ。バプティスト教会のミッションの一員だった。他に知っていることはないの。トムは私には言わなかったし、私も聞きたくなかった」

「ラッカムは英国人の少女を殺させたのか？」クレーンは信じがたい面持ちで言った。

「中国人の少女よりも悪いっていうの？」エスターが訊ねた。

「より珍しい。その子の遺体も遺棄されたのか？」クレーンはレオに訊いた。

「知らない。たぶん」

「よろしい」スティーヴンが言った。「ネズミの被害者たちを結ぶ線が見えた。残るはジャワとの関わりだ――何か他に頭に浮かぶことはないですか、ハートさん？　ない？　ではそれ以外に、ここに二つの復讐の可能性が浮かんでいる。アラベラという少女が誰だったのかを知る必要がある。クレーン卿、手伝っていただけますか？」正式に依頼する口調だった。

〈私と君が寝ているのをこの部屋の全員が知っている。そんな言い方をする必要はない〉クレーンはスティーヴンの無表情に合わせて同じくらい表情を無くして応えた。「訊ねて回ろう。クライヤーなら名前を覚えているだろう」

「ではあんたと僕とでクライヤーさんを訪ねよう。エスターとメリックさんはハートさんと一緒にここにいて欲しい。またネズミが来るかもしれない。エス、他の皆を集めて。もしまたネズミが襲ってきたら、一匹は生かしておいて。それを使って出元を追う。もしネズミが来ないようだったら、ジョスに彼女を預けて、他の皆は捜査に出るか、ライムハウスでそのジャン某の関係者を捜す」

「クレーン卿とメリックさんが当然手伝ってくれるという言い方ね」エスターが静かに言った。

「ああ、そうだ」スティーヴンは応えた。「着替えた方がいい、クレーン卿」


エスターとスティーヴンが応接間を出て行き、クレーンはレオが気にしないのを知っていたので、急いで服を着替えた。

「なんともひどい状況だな」ズボンを差し出しながらメリックが上海語で言った。

「そうだな」

「あれがそうなの？　あの小さい方が？　あなたの？」レオが訊いた。

「そうだ」〈そう願いたい〉

「いつものタイプと違うわね」

「いつものタイプは危険な厄介者だ」メリックが言った。「そういう点ではブレちゃいない。デイさんを怒らせない方がいい」

「私はいったい何をされるの？」レオがか細い声で訊いた。

「何も」クレーンは言った。「君は管轄外だ。この国ではやり方が違う。彼らの仕事は魔法が間違った方法で使われるのを防ぐことだ。君の話は褒められたものではないが、ジャンもしくは少女を君が直接殺したのでもない限り、何も意見はされない」

「ではあなたは、何を怖がっているの?」レオノーラが訊ねた。

クレーンは上質の布を気にすることなく上着を乱暴に身に着けた。「とにかくやるしかない。いいな?」

第十三章

クレーンとスティーヴンはタウン・クライヤーの住むホルボーン地区まで辻馬車を利用した。歩くのがいやだったわけではなく、誰にも聞かれずに話をするためだったが、二人はしばらく押し黙っていた。最終的には、クレーンが深呼吸をして口火を切った。

「大丈夫か? ゴールド夫妻とは」

「おそらく。たぶん。エスターが、僕が魔道士《ワーロック》ではなかったと喜んでいる内はいいけど、後からどう考えるか。別のパートナーを選ぶなら構わないと伝えたら、エスは〝わかった、今度は生まれつきの大バカ者じゃない相手がいい〟と応えたから、たぶん大丈夫なんだと思う。言いたいのなら、〝だから言ったじゃないか〟と言ってもいいよ」

クレーンは長く息を吐いた。緊張の結び目が一つ解けたような気がした。「よかった」

「二人とも本当は前から気がついていたんだと思う。ダンは驚いていなかっただろう？」

「まったく」

「何を話していたの？」

「私が果たして君にふさわしいか、見極めようとしていた」クレーンはスティーヴンの表情にニヤリと笑みを向けた。「もちろん、はっきりとそう言ったわけではないが」

「彼は、えーと、時々すごく無遠慮なんだ」スティーヴンは言葉を選んで言った。

「私もそうだ。まったく問題はないよ、スティーヴン。彼は君の友達で、君の心配をしている」

「それなのに、僕の仕打ちはどうだ。ひどい体験をさせてしまった。能力者《プラクティショナー》が力を渇望することについては、話したよね――あんたが見たのはまさにそれだ。警告もせずにダンにあんな体験をさせてはいけなかった」

「本人はもっとひどい目に遭ったことがあると言っていたよ」クレーンは言った。「ちなみにそれを言うのなら、四ヵ月前には予告なく同じことが君にも起きたが、以来君が力に飢えているというわけではない、よな？」一拍置いた。「そうなのか？　クソ。スティーヴン――」

「大丈夫だ」

「大丈夫じゃない。辛い思いをさせていたのか？」クレーンをまた一つ、いままで無縁だった感情、罪悪感が襲った。「なぜ言ってくれなかった？」

「自分で何とかできる程度だし」スティーヴンは言った。「大体、僕は自分の欲求を抑えていたわけでもない。だって、僕らがベッドに行くたびに――」

「それとはワケが違う。私にだってわかる。能力者でもないのに」

スティーヴンは顔をこすった。「聞いて、僕には選択肢が三つある。もう力を使えないように、二度とあんたに会わないこと。誘惑に負けて、あんたから魔法を残らず絞り取って気が狂ってしまうこと。あるいは、自分を制御すること。最初の二つにはそそられない」

「私もだ」クレーンはスティーヴンの手を取った。その指にはまだ魔法の残響があり、いまや馴染みとなった針の刺激がクレーンの神経に響いた。「すまない。気がつかなかった。私にできることはあるか？」

「大丈夫。僕の問題だよ、ルシアン」

クレーンはもっと言いたいところをグッとこらえ、一呼吸して、注意深く続けた。「君が私を助けに来てくれたシャーマンだった幸運を、改めてきちんと感謝しなければならないと思っている。君の魅惑的な尻に手出しをすることができただけではなく、聞いた限りでは、私の有害な影響でご同僚たちのほとんどが力に飢えた狂人になってしまうところだったというのに、君は私の知りうる限りの最高で最強の男でいてくれている。もし死んでいなかったら、再度ラッカムに感謝したいところだ。まぁ、奴は自分で殺してやろうとも思っていたがね」スティーヴンが鼻を鳴らすのを聞いて、クレーンは一つ障害を越えた安堵を覚えた。「どうして中国人のシャーマンたちは堕落したんだと思う？」

スティーヴンはため息をついた。「僕ら能力者はとても不安定なバランスの上に立っている。力がありすぎるとおかしくなるし、なさすぎるのも辛い。力を使いすぎると非常に悪い結果を生む。使わないのはもっとひどい。あんたが言っていたシステムには一理あるのかもしれない。肉体に課する禁欲、自己否定。それで制御しているのかもしれない。僕にはわからない。ここでは修道士のように生きることはしない。教会は僕らを嫌っているから、僕らは誰もその教えにはあまり従わない。何にせよ、あんたの質問に応えると、パとロウは精神を制御するために元々は肉体を使っていた。一方が崩れたら、もう一方もダメになった」

「それで二人は堕落した。トムが堕落させた」クレーンは言った。「ああ、心底がっかりしたよ。トムがそんなことをするなんて」

「感動的な話ではなかったな。でも……あんたは本当に驚いたの？」

「ああ、本当に。驚いた。殺人を隠蔽したことにではなくな。自分のために働いていた奴らのためなら、それはやったろう」クレーンは相手の表情を捉えた。「頼むよ、スティーヴン。ライムハウスで、パブの殴り合いや通りの喧嘩で死んだ男たちがどうなると思う？　検視官が調査して、立派に埋葬されるとでも？」

「それはわかるけど、でも――」

「敵がならず者たちを雇って、君の膝の皿をかち割ってやろうと家に押しかけてきたとする。応戦して、二人が死んでしまった。そこに警察を呼んだら、まず留置所に拘留され、財産の半分を保釈金もしくは買収に使って出てきたとしても、その後二年間、残りの財産を弁護士代に使う羽目になる。それとも、川に死体を投げ入れて終わりにするか。死体だらけの中、あそこを船が通っているのは驚異的だよ」

スティーヴンはしかめっ面をした。「法が正しくないのであれば、言っている意味はわかる。でも、この話はそれとは違う」

「ああ、違う。でもトムが無害な少女の殺害を命じていないことは、確信している。ジャンの死については……トムが命令したとは思わないし、思いたくない。事件はレオが言ったような形で起きたと信じたい」絡めたスティーヴンの指に力が入るのを感じた。「トムは厳しい男だったけど、悪い男ではなかった。無垢な者を堕落させたりはしなかった」

「そう？　彼があんたを密輸屋にしたのはいくつの時？」スティーヴンは訊いた。「そう考えると、ハート夫人が彼と結婚した時、何歳だった？」

「トムと一緒になった時、レオは十八歳だった。おそらく一秒もためらわずまた同じことをするだろう。私がトムのために働き始めた時は十九歳だったが、無垢かどうかは……。その時点で、餓死するのを避けるためにもう何ヵ月も体を売って暮らしていた。メリックは数日おきに、見世物小屋の殴り合いでズタボロにされていた。試合に負けたとしても、白人が殴られるのは現金になったからね。私たちは最低の貧民窟の汚い部屋の一隅で寝泊まりして、皿洗いの水で作った粥と目が潰れそうな安い白酒《バイジュ》で飢えをしのいでいた。まさにドン底にいたんだ、スティーヴン。もう一冬越すことはできなかっただろう。そんな時に飲み屋で出会ったトムは、話を聞いてくれて、その夜借金をすべて清算しくれた上に、前払いで仕事をくれた。溝《どぶ》に落ちていたところを拾い上げて、命を救ってくれたんだ。ただ私たちが役に立ちそうだと思った、というだけの理由でね」

スティーヴンの指はクレーンの手を痛いほど握って離さず、目は恐怖で大きく広がっていた。

「初めて聞いたよ。貧しかったと聞いていたけど、まさか――そんなことが――」

「そんな目をするな、可愛い子《スウィートボーイ》。もうどうってことない。ずいぶん前に終わったことだ。私はただ、トムがどんな人間だったかを説明しようとしている。どんな基準に照らしても、道徳的とは言えなかったが、悪い男ではなかった。だから、一線を越えたことに驚いている。シャーマンを堕落させるのは間違っている。グロテスクな行為だ」クレーンは上海で生きる者ならば感じる腹の底から来る嫌悪を表現しようと、言葉を探した。「シャーマンは私たちよりも上等なんだ。彼らに酒や女や賭け事を勧めるのは、まるで――例えるなら教会の祭壇に小便をかけるようなものだ」しばし考えた。「トムは、小便がしたくなって教会がちょうどそこにあったら、それもやったかもしれないな。そう思うと、実はさほど驚いていないのかもしれない。トムは強烈な個性の持ち主だったから、影響を受けないでいることは難しい。私も彼の人間性をかいかぶっていたのかもしれない」

「パもロウも、影響を受けることを拒んだとは思えない」スティーヴンが言った。「自分の行動は結局自分の責任だ。ハートがその背中を押したとしても、堕ちる選択をしたのはあの二人だ。それに、二人はシャーマンだった。無力ではなかった」

「そうかもしれない。でも、トムについて行くと、いつの間にか地獄にいても、靴に火がつくまで気がつかないこともあった」

「魅力があるというのは危険なことでもあるね。ルシアン、聞きたいんだけど」スティーヴンは思案深げに言った。「そのシャーマンに対する尊敬、不可侵というのは……」

「んん？」

「あんたが覚えているかどうかはわからないけど、確か三週間ほど前、僕をベッドの柱に縛りつけて、想像を絶するような堕落行為の対象にしたよね。そんな僕をシャーマンだと呼ぶあんたは――」

「〝想像を絶する〟という部分には異論があるな」クレーンは遮った。突然の熱と光が体を貫いた。「私は君がいない時は毎晩、細部に渡ってその堕落行為を想像している。というか、さらに上を行くものを何種類も想像したから、次にチャンスがあったら実践に移すつもりだ」

「本当に？」スティーヴンはつぶやき、少し体を近づけた。「どんな？」

「それは君が私のベッドで鎖に縛られた時にしか教えられないな。本当に鎖で縛る。次は鉄で。君を無力にしたい」馬車の振動の中でもスティーヴンが震えるのがわかった。「裸で、無力で、懇願するんだ。私が何をしようと一切抵抗できない」

スティーヴンは生唾を飲んだ。「僕を跪《ひざまず》かせるのが本当に好きだね」

「誰が君を好きにできるのか、思い知らせたい」クレーンは言った。「それでようやくおあいこだ。普段、私は完璧に君の奴隷なのだから。君の名前を書いた首輪をはめているも同然だ」

「何だって？　ルシアン――ああ、クソ！」スティーヴンが言いかけたところで、馬車が急停止した。

クレーンは急ぎ呼吸して、昂奮を抑える努力をした。「誓って言う、誰かを殺さなければならないとしても、今日中に君とちゃんと話をするからな。ここで家に帰るという選択肢はないか？」

「行こう」スティーヴンが馬車から降りた。「さっさと終わらせよう」

二人はタウンが昼食を摂《と》りに家から出てきたところを捕まえた。クレーンはまだ正午にもなっていないことに驚いた。気が遠くなるほど長い一日だ。

「会えて嬉しいよ」タウンがクレーンに言った。「そしてデイさん、またお会いできて嬉しい限りだ。君はジャワに興味があるんだったね？」クレーンに向かって面白がるような、質問するような目線を送った。

「この間会った時はあまり状況を正確に伝えていなかったかもしれない」クレーンは言った。「君の力が借りたい、タウン。中に入ってもいいか？」

タウンの両眉はこれ以上可能なのかというくらいに釣り上がり、二人を部屋に招き入れた。

「さぁどうぞ。何か面白い話かな？」

「強烈な話だ。後で残らず話すと約束する。いまは、知っていることを教えて欲しい。ジャン・ジーインが行方不明になった時のことを覚えているか？」

「忘れがたいな」タウンは応えた。「何ヵ月も騒ぎが続いた。官吏やらシャーマンが三、四回は順繰りに話を聞きに来た。そうじゃなかったか？」

「私は当時不在にしていた。一年とちょっと北方に行っていて、その時期はいなかったんだ」

「そうだった。覚えているよ。でも、お前さんの質問がジャンの行方についてだったら、さすがの俺にもわからんぞ」

「何が起きたんだと思います？」スティーヴンが訊ねた。

タウンは鋭い視線を向けた。「想像もできない。天の玉帝に選ばれて神化し、体ごと空に召喚されたという者がいたな。反対に地上の皇帝に嫌われたんだ、とも言われた。納得のいく説明を聞いたことがない。お前もだろう？」

　クレーンは首を振った。「ああ。でも、君に謎解きを依頼に来たのではない。同じ頃に起きた別の事件だ。バプティスト教会のミッションに知り合いはいなかったか？」

　タウンは厚い唇に指を一つ置いた。「ミッションね。あのデカい、丘の上の？　わかるが……」

「少女がいた、あるいは女性、名前はアラベラ」クレーンは言った。「同じく行方不明になった。ジャンよりも前に。フルネームが知りたいと思っている」

　タウンは考えながら窓に向かって数歩歩いた。「アラベラ。アラベラ……。当然だが、女性とはファーストネームで呼び合う間柄ではなかったからなぁ」

「そうだろうな」クレーンは言った。「でもジャンの前に行方不明になった少女がたくさんいるはずはない」

「その通りだ」タウンは振り返った。「なぜ知りたい？」

「後で説明する。急ぎなんだ」

　タウンの両眉がまた跳ね上がった。「十三年行方不明だった少女が急ぎ？」

「複雑なんだ」クレーンが補足した。「誰だったか知りたい」

「だった？　死んでいるのか？」

クレーンはためらい、肩をすくめた。「そう聞いた。少女を知っていたか？」

「おぼろげにだが」タウンのいつもはにこやかな表情が重くなっていた。「なんと、ヴォードリー。お前がこの話を持ち出すとはな。ひどい話だった」部屋を一往復すると、体を支えるように椅子の背もたれに手を置いた。「お前が言うように、行方不明になったんだ。とても可愛い子で、当然ながらとても信心深かったが、生き生きした子だった。希望と喜びを人に届けるためにミッションにいた。よくミッションにいるカラスやハゲタカみたいな連中とはまるで違った。明るくて、太陽みたいな子だった。その子が行方不明になり、数日間騒ぎになったが、その後でジャンがいなくなって、騒動の中で忘れられた。官吏も、周旋人も、人々は皆ジャンの捜索に当てられた。彼女は忘れ去られた。ミッションはしばらく捜索を続けたが、悪い噂が流れた。それは中傷で、クズみたいな男の言いがかりだったが、その噂を信じて少女のことを忘れる方が簡単だった。そのまま日々は過ぎ、皆が忘れた。ここ数年で彼女の話を出したのはお前が最初だと思うよ」

「彼女の名前は？」スティーヴンが訊いた。

「ペイトン。アラベラ・ペイトン」

「ペイトン。私たちの知っているペイトンか？　あいつの――？」

「妹だ」タウンが言った。「いや、若すぎたから違うかもしれない。従妹か、姪か、わからんよ。たった一人の家族だったと聞いている。奴には他に誰もいなかった。二人きりだ。彼女は奴の傍にいるために上海に来て、信じる神に奉仕していた。行方不明になった時、奴はひどく参っていたよ。特に、男と逃げたという噂には耐えられなかった。そんなことは信じなかった。とはいえ、いつまでも探し続けるわけには行かず、対面を保って暮らしていたが、奴は忘れていない。もしも殺されたのなら、その犯人を許さないだろう。いや、絶対に許さない」

クレーンは頷いた。「ありがとう、タウン。この話はくれぐれも内密にしておいてくれないか？　いずれすべて話すが、いまのところは伏せておいてくれ、特にペイトンには。いま頃トレーダーズにいると思うか？」

「あいつはハマースミスに住んでいる。確かキング通りだ。そこを訪ねるのがいいだろう。いつも昼食時にはクラブにいない。痛ましい思い出を呼び起こそうとしているんじゃないだろうな、ヴォードリー。奴はもうずいぶん苦しんだ」

「特にそのつもりはない」クレーンは言った。「ただ話がしたいだけだ。また後で」

「ではな、気をつけて。また会えてよかったよ、デイさん」

第十四章

　時計が正午を告げると共に、二人は灼けるような陽射しの当たる通りに出た。

「では、ハマースミスへ？」スティーヴンは言った。

「ひとまずトレーダーズへ寄ろう。道すがらだし、正確な番地を聞けば迷わずに済む。それにしても。ペイトンか。あのクソ野郎」

「理由あっての行動のようだけど。クライヤーさんは明らかにペイトン嬢をとても気に入っていたようだね。あんたは知っていた？」

「私はミッションの人間とは交わらない。明らかな理由からな。歩きながら、君のあの周りの音を消すアレはできるか？　話ができるように？」

　スティーヴンは少しためらったが、わずかに指をひねらせると通りのノイズが唐突に途絶えた。指にはまだカササギ王《マグパイ・ロード》の指輪をはめており、クレーンは小さな希望の灯を感じた。

　深呼吸をした。「聞いてくれ。私は――きょうは厄介な真実に直面すべき日なんだと感じる。君に言いたいことがある」

「何?」スティーヴンの声は何かを警戒しているようだった。

クレーンの喉は心地悪いほど渇いていて、滅多にないことだが、言葉が出てこなかった。実際、何をどうやって言おうか、考えてもいなかった、練習もしていなかった。ただ言うべきことだけはわかっていた。

〈覚悟を決めろ、ヴォードリー。話すんだ〉

「つまり。私はこれまで何度も君がいかに特別か、話したと思う。話したことは確かだ。魔法が遣えて、どこまでもファックしたいほど魅力的で、素晴らしく勇敢だ。さらに私は君が、私が逆立ちしてもなれないほど立派な男だということをよくよく承知している。でも私にとって好都合なことに、君はそのことを自覚していない。君と一緒に過ごせば過ごすほど、自分の明らかな欠点を思い知らされている。そして君が私のことを信頼しきれないのもわかる——いや、言わせてくれ」スティーヴンが遮ろうとするのをクレーンは止めた。「その気持ちはわかるし、責める気もない。でも、君に頼みたい。私が君の信頼に値する男だと証明するチャンスが欲しい。君がここで私を欲《ほっ》してくれる限り、上海には戻らない。というか、君が一緒に船に乗らない限り、このクソったれの国を離れる気はない。私にはベッドの中以外での君の願いを察することが不思議なほどできないし、ここまで間違ったこともたくさんしてきたが、でも……私から逃げないで欲しい。お願いだ。私の許から消えないでくれ」

スティーヴンの顔を避けて、晴天の雲一つない空を見上げた。「トムが最初にレオに会った時のことを思い出すよ。最初というか、その前にも会ってはいたんだが、あいつは一夜にして垢抜けない女学生から美女に変身した。私たちは彼女の父親の会社のパーティに出席したんだ。レオは本当に素敵で、トムは何時間とも思える間黙りこくっていて、私に言ったんだ。〝今夜、人生が変わった〟と。トムは私よりも見識があったというか、本質がよく見える人間だったんだろうな。私の人生は四ヵ月前に変わっていたのに、私はごく最近までそのことにまったく気がつかずにいて、だから……伝えることを忘れていたかもしれない。君を愛していると」深く息をついた。「以上だ」

二人は隣り合い、混雑した道を、クレーンはスティーヴンの歩幅に合わせて、数秒の間静かに歩き続けた。スティーヴンが話し出した時、声がつまっていた。「いまのを公共の場で言ったのには、理由があるの？　僕があんたに触れられず、それどころかまともに話ができない状況で、わざわざ話したのには？」

「そうだな。君の下半身の意見は既によく知っている。君が頭で考える話も聞きたいんだ。あるいは、心で」

頭を垂れて、両手をポケットに入れたまま、スティーヴンは歩き続けた。隣を歩くクレーンに、その緊張が伝わってきた。「ああ、神様」ようやく言った。「救いようがないよ、僕は。あんたには本当はわかっているはずだ、ルシアン。僕がとうにあんたのものだってこと。何しろ体にはあんたの刺青《タトゥー》がいるんだ。一生の印がついている。それは恐ろしいことで、心底震え上がっている。あんたがどうして僕を勇敢だと思うのか、理解できない。僕はどうしようもない臆病者だ。あんたと僕、この関係が続くと信じることができないのは、無くしてしまうことがあまりに恐ろしいからだ。失うのが耐えられないのなら、最初から始めない方がいい。でも、もう遅い」息を呑んだ。「あんたを信頼していないんじゃない。ただ……信じられないんだ、あんたみたいな人が僕のような人間を求めてくれることが。いや、今度は僕の番だ、言わせてくれ。あんたは極めて魅力的な、価値のある男だ。僕はそうじゃない。僕はあんたから奪ってばかりいるような気がして——」

「これ以上は言わせておけないな、客観的に見てもクソ間違っている。まったく、頑固にもほどがある。メリックは君が唾で糊付けされた誇りで支えられていると言っているが」

「僕からお礼を言っておいて」スティーヴンは片手を髪に通した。「いずれにせよ、重要なのはそこじゃない。何が言いたかったのかも忘れた。あぁ、もう、地獄の業火《ヘルファイア》よ。あんたを愛している、ルシアン。もしそうじゃなかったら、こんなに気が狂いそうな思いをしないで済むのに」

　クレーンは、輝かしい悦びが体を巡るのを感じながら、二歩ほど進み、声を抑えて言った。

「確かに、公共の場で話すのは非常にまずかった。もしや、姿を見えなくすることはできないよな？」

「冗談だろう」スティーヴンが言った。「上を見て」

　見上げたクレーンは、カササギを見つけると声を出してうなった。ガスランプや屋根の端や手すりに群れ集まり、止まり木を探して空を旋回し、数羽は目の前の舗道に降り立ち、明るいビーズの目で見つめていた。「まったくもう――追い払えないか？」

「責めないで、呼んだのは僕じゃない」スティーヴンはいつもの八重歯の見える片側の笑みを浮かべ、黄金色の瞳に宿る光がクレーンの心臓を絞めつけた。「ちなみに、いまの僕が何かやったら、通りが花火みたいに燃え上がって、数マイル四方から能力者《プラクティショナー》たちを呼び集めそうだ。何だか爆発しそうな気分」

「私も同じだ。君に触りたいよ」

「僕は口であんたに触りたい」二人がベッドにいないことを考えると、スティーヴンにしてはかなり大胆な発言だった。いまや踊っているのはクレーンの心臓だけではなかった。「これが終わったら、どこかへ行ける？　また、あんたの狩りの別荘は？」

「君の都合がつけばいつでも。どのくらいの期間、仕事を休める？」

「どのくらいがいい？」

「君の残りの人生」クレーンはスティーヴンの目が大きく広がるのを見た。「いまのところは、二週間でどうだ？」

「いいよ」スティーヴンは応えた。「それと……いいよ」

「よろしい、可愛い子《スウィートボーイ》。愛している。何度も言わないといけない気分だ」

「いつでもどうぞ」スティーヴンの声は少し震えて、瞳は明るかった。

羽ばたきの音がして、カササギの一群が二人に追いつき、五羽が手すりの上に横並びに降り、四羽が眼前の舗道に舞い降りた。クレーンは思わず数を数えて、笑顔が収まらなかった。「見てみろ。こいつら、押韻詩を知っているのか？」

「違うといいけど。九つは葬儀のため、だろう？」

クレーンは手の甲でスティーヴンの腕に触れた。「こうだ。〝九つはとても誠実な恋人のため〟」

「そっちのほうがいいね。」スティーヴンは静かに体をぶつけた。傍観者が疑うことのない、ほんの少しの触れ合い。「トレーダーズだ」

クレーンは四角いレンガ造りの建物に近づくにつれて歩調を緩めた。「事件を終わらせよう。滅多にこんなことは言わないが、ペイトンには同情できる気もする」

「僕もだ。でも家族を殺されたトロッター氏の意見は違うだろう。ルシアン、一緒にハマースミスに来て欲しい。あんたがペイトンと話す必要はないし、僕が話すのを見ている必要もない、たぶん楽しいことにはならないから。でも、近くにいて欲しい。そのニヤニヤ顔はやめて。僕が言いたいのは、ネズミのことだ」

「ネズミ？　私に？」

スティーヴンは肩をすくめた。「あんたはハートの友人だった。どこまで被害が及ぶのかわかっていないんだ。頼むから」

　クレーンは同意の印に片手を上げた。「私が恐ろしい死に方をしないよう気を使ってくれているのであれば、君の意思を尊重しよう」比較的涼しい玄関ホールへと先導するとポーターに向かってうなずいた。「やぁ、アーサーズ。ペイトン氏の住所を教えてもらえるかね？」

「もちろんです、閣下《マイロード》、でも直接お会いになって訊かれては？　階上で昼食を摂《と》られています」

　クレーンはちらりとスティーヴンを見た。「本当に？　それは幸運だ。では上に行くよ、住所は結構だ」

「どうするつもり？」スティーヴンが静かに訊いた。「生々しすぎたら、下で待っていてもらってもいい」

「いや、一緒に行く。静かに話すには、私がいた方が好都合かもしれない」

　二人は一緒に階段を上った。クレーンはこの後の不愉快な仕事を思うと、このままバーに直行してシャンペンを頼みたい誘惑にかられた。二人の関係について言及するのには、間違いなく不適切なタイミングだったが、しかし……これからはもう、スティーヴンの瞳に孤独と苦しみが映るのを見なくて済むのだ。金の心配も、逮捕の恐怖も、絶えず静かにそこにあった孤独な未来への不安も、すべてを消滅させてやることができる。スティーヴンにふさわしい扱いを受けさせることができるし、何よりも絶対に、小悪魔が一言もなく姿を消したりせず、毎晩自分の許へ帰ってきてはベッドで丸くなっていることを保証する方法を見つけるつもりだ。〈可愛い小さな魔女。私のものだ〉　思わず口笛を吹きたくなる衝動を抑えた。

「まるでクリームを呑み込んだ猫みたいな顔をしてる」スティーヴンが静かに言った。

「それはまた後での話だ。食堂はここだ」

　小さな窓の嵌った部屋は、濃い木製の家具とあいまって、外の明るい陽の光とは対照的にくすんで見えた。ペイトンは一人で新聞を読みながら座っていた。二人が席に歩いていくと、クレーンを見て嬉しそうな様子ではなかった。

「ヴォードリー。おっと、済まない、ク、ク、クレーン卿」いつものせせら笑いを浮かべた。「そして小さなご友人も」

「少し話せないか？」

　ペイトンは肩をすくめた。「どうしてもとあらば。何の用だ？」

「できれば内密に」スティーヴンが言った。

「君たちと内密に話をしたいとは思わないね」ペイトンはあてつけがましく新聞をめくった。

「昼食を待っている」

　スティーヴンは片手でペイトンの手に触れた。「聞くんだ。立ち上がって一緒に来い」

　ペイトンは直ちに立ち上がると、クレーンが小さな書斎の一つに案内する後ろに付いてきた。

スティーヴンは最後に部屋に入ると、扉を締めた。ペイトンは自分がそこにいることにびっくりして瞬きをしていた。

「ペイトンさん。アラベラについて話してください」

ペイトンは凝視を返した。「誰だって？」

「あんたの親類のアラベラだ」

「彼女がどうした？」

「いつ死んでいることを知った？」

ペイトンは怪訝な顔をした。「そりゃもちろん、姉から手紙をもらった時さ」

「姉」スティーヴンは繰り返した。

「そう、姉のマリア。大伯母のベルは亡くなるまで姉と一緒に住んでいた。お前さんたちに私の家族がいったい何の関係がある？」

「家族？」クレーンが言った。

スティーヴンはペイトンの視線を捉えた。「僕が知りたいのは、上海のバプティスト・ミッションにいたあんたの女性の親類についてだ」

「私らはアングリカン教会だ」ペイトンは言った。「上海に親戚などいない。いたこともない。それに――」

「こっちに家族は？」

「姉妹四人とその子供たちだ。私がいったい――」

「クソ」クレーンは言った。「クソ！　スティーヴン……」

「ああ、わかっている。ペイトンさん、あんたはジャン・ジーインが行方不明になった時、上海にいたか？」

「何？」

「応えろ！」スティーヴンが叫ぶと、他の二人の男は飛び上がった。

「あ、ああ。いたが――」ペイトンは被害者ぶって続けた。

「バプティスト・ミッションで少女が行方不明になったのを覚えているか？」

「なんだ、あの話のことか？　タウンの妹の？　そうそう、確か男と逃げたんじゃなかったか？　少なくとも、私が聞いたところでは――」

スティーヴンは体の向きを変え、扉に走った。クレーンも後に続いた。一段飛ばしで階段を降りると、階下で止まったスティーヴンにぶつかりそうになった。「診療所のエスターに伝言を送って」スティーヴンは簡潔に言った。「クライヤーの住まいで落ち合おうと伝えて。先に行ってる」

「馬車《キャブ》を使え」クレーンは慌てて幾ばくかの小銭を取り出した。「すまない、スティーヴン」

「僕の責任だ」スティーヴンは金を引っつかむと外へ飛び出した。

クレーンは伝言を走り書きするとできる限り速く届けるようメッセンジャーに惜しみなく金を払い、その後口汚く悪態をつきながら、自分も辻馬車を拾った。タウンを疑うことなど思いもよらなかった。仲間内でいつもそこにいて、情報通の、不真面目で軽い男。常に傍観者として出来事を観察し、それを伝えるのが役割。自身が事件に関わることはしない。

しかし、きょうはわざわざクレーンが嫌っていると知っている男を無駄追いさせた。孤独な男とただ一人の親類の話を聞いた時、何かがおかしいと気づくべきだった。何しろクソペイトンのクソったれの甥に会っていたではないか――思い起こしてクレーンは馬車の壁に強く頭を叩きつけた。見事なまでにスティーヴンを失望させてしまった。クソったれ。

クレーンはしかし、タウンの話を一部は信じた。愛すべき妹、一生の苦しみ。その言葉には真実の響きがあった。愛する人間が永遠にどこかへ消え去ってしまう辛さを想像することができた。少し前、スティーヴンがある魔道士《ワーロック》を追って姿を消し、四日間何の音沙汰がなかった時にそんな想像をしたことを、クレーンは思い出した。その上ペイトンのような男に愛する妹の名誉を汚すような中傷を広められては、死んだことを知る前でも、傷口を深くしたことだろう。

いったい誰がタウンに妹の死を伝えたのだ？

馬車は止まり、クレーンはタウンの住まいへの階段を急いで上がった。虚ろな目をした家政婦は何も言わずにクレーンを招き入れた。どうやらスティーヴンは容赦なく感渉《フリューエンス》を使っているらしい。

タウンの部屋の扉は開いていた。

「入ってこないで」クレーンが近づくとスティーヴンが中から言った。「だいぶ前に逃げた後だ。どこへ行ったか探っている。僕はあまり得意ではない、エスターの鼻が必要だ。外にいてもらっていいか？　あんたがいるとすべてが影響を受ける」

それは、スティーヴンがタウンの存在の残像を探っているということだ。以前にも、クレーンの存在感は異常に強く、周りの目に見えないエーテルの流れを引き寄せていると言われたことがあった。中国人シャーマンのユー・レンはいつでもクレーンが強い気の持ち主だと語っていたが、これまでそれが不都合になることはなかった。

既に一日分の迷惑をかけていると感じて、クレーンは黙って引き返し、外に立ったまま、他の審犯者《ジャスティシアー》たちが来るまでどのくらい時間がかかるかを推測しながら待った。レオノーラはどうなるのだろう。本当は、スティーヴンが果たしてストランド通りのクレーンの部屋に引っ越して来ることに同意するかどうかについて考えたかったが、こんな状況下では危険な思索に感じられた。

通りを眺めていると、道の少し手前で馬車が止まり、モンク・ハンフリスが降りてきた。

モンクはここ数週間そうだったように、気難しく不安げな表情だった。眉を寄せ、タウンの部屋に向かって歩いてくる。クレーンは挨拶に片手を上げたが、相手が気づかなかったため、呼びかけた。「おい、モンク！」

モンクは顔を上げてクレーンを見た。タウンの住まいの前に立っている姿を認めると、その顔は恐怖の表情を浮かべた。そしてくるりと後ろを向くと、走り出した。

クレーンは考える間もなく後を追った。論理的な行動ではなかった。逃げる男を見たので、思わず追いかけ、途中で思考が肉体に追いついてきた。

バカなことをしているのかもしれない。たぶん無意味だろう。でも必要ならスティーヴンは後を追ってくるだろうし、モンクを追いかけて無関係であることを確認する方が、新たな手がかりを無くすよりはマシだ。

実際、無意味ではないかもしれない。モンクは必要もないのに走ったりするだろうか？　陽射しがクレーンの首の後ろに稲妻のように叩きつけ、薄灰色のスーツの上に照りつけ、瞬く間に汗が滲んだ。メリックに殺されるだろう。以前スティーヴンが言ったことがあった。命がけで走る時には、〝高級スーツ《サヴィル・ロー》はダメ〟。高価な靴が舗装路で滑ると、その言葉の真実を思い知った。

モンクは次第に疲れてきて、肩が上がり、走る速度が落ちた。何とか逃げ切ろうと曲がって路地に入った。クレーンはより一層スピードを上げ、長い脚の有利を生かして距離を縮めて角を曲がると、通りすがりにモンクが散らかしたと見えるゴミの小山を飛び越え、相手の肩につかみかかった。

息を切らしながら、モンクが振り返った。抵抗しようとしていたが、疲労困憊の様子だった。

「止まれ」クレーンの呼吸も荒かった。「いったい何事だ、モンク？」

「立ち去れ」切れ切れの呼吸の下から、モンクが絞り出すように言った。「神の名に誓って、行け、頼む、逃げるんだ。逃げろ！」

「なぜ？」

モンクは目を見開いてクレーンを凝視した。一呼吸、大きく息をした。すると瞳孔が縮小して点のようになり、両目は何も見ていないかのように空を見つめた。得体の知れない恐怖と苦痛の表情が一瞬顔をよぎっては消え、無機質な受容だけが残った。見えていない視線をクレーンに向け、かすかな声で言った。「シャーマン」

「何だって？」クレーンは言った。「私は違う」

「シャーマン」モンクは繰り返し、鼻を不自然にヒクヒクと動かしながら嗅ぎまわった。死んだ両目の中に欲望が花開いた。

「やめろ」逃げ出したい衝動に駆られて、クレーンは一歩退いた。追いかけてきたのは大きな間違いだったことに突然気づいた。「モンク？」

「力」モンクは上海語で話した。「強さと歓びと気。たっぷりある。うん、これがいい」

片手をかぎ爪のようにして突き出した。クレーンはもう一歩退き、激しく警告を発する本能に遅まきながらも従い、体の向きを変えると勢いをつけて走り出し――タウン・クライヤーに突っ込んだ。タウンはクレーンの片手をつかんだ。

「この愚かな大バカ者が」タウンが言うと、目の前が黒くなった。

第十五章

クレーンは苦痛で目を覚まし、気を失ったままでいた方がよかったと思った。

両腕と肩に激痛があった。それは後ろの壁に手首が縛りつけられていたからで、腕を高く広げ、いわば磔のような形になっていた。支えのないまま、両腕は後ろに引かれ、八十二キロの全体重が肩の筋肉にのしかかっていた。

足首も縛られていたが、足の下に地面はあり、体重を支えるために脚を伸ばして立つと肩で燃えていた劫火がちょっとした地獄の炎にまで弱まった。

どこか洞窟のような場所にいた。地下室だろうか？　涼しく、暗く、土の臭いがした。むき出しの土の床の上にランタンが一つ置かれ、ザラザラして汚れた漆喰の壁を照らした。目の前に頑丈な机が置かれ、その先、部屋の奥の濃い木製の扉には太い木のかんぬきがかかっていた。

モンクは何事かつぶやきながら地下室を歩き回っていたが、それはモンクではなかった。能力者《プラクティショナー》に言われなくてもそれはわかった。痙攣するような動き、気色の悪い顔のひきつり、何も見ていない目に宿る光、それらはどれも人形のように操られている体の持ち主のものではなかった。

〈誰かが中にいるのか?〉

タウンは中国風に壁にもたれてしゃがみ、顔を両手に埋めていた。

「おい」クレーンは言った。「いったいこれはなんだ?」

タウンは顔を上げた。「ヴォードリー。なぜ邪魔をするんだ?　行ってしまえばよかったのに。ハマースミスに行けと言ったのに、クソったれ!　なぜハマースミスに行かなかった?」

「腐れ運」クレーンの声は枯れて渇いていた。「レオ・ハートを殺そうとしたな。ネズミを使って」

「死に値する」

「そんなことがあるか。ラッカムとあの二人のシャーマンもどきはそうかもしれないが、レオやラトクリフ・ハイウェイの家の人々は違う」

「誰があんな連中を気にかける?」タウンは言い返したが、話しながら目をそらした。

「スティーヴン・デイは気にする。覚えているか?　背の低い、赤っぽい髪の、ロンドンで最も危険な男の一人。お前の尻の穴から背骨を引き出しにここに向かっている。それでモンクの中にいるのは誰だ?」クレーンは気が触れたようにピクピクする男の体に視線をやった。「ジャン・ジーイン、なのか?」

モンクは頭を反《そ》らして吠え声を上げた。顎が外れたように横に広がり、蛇のように口を開けた。

「素敵だ」クレーンはあまりの恐怖で漏らしてしまうのを避けるため、喋り続けた。「実に魅力的なご友人たちだな、タウン」

「人をゴミのように扱った報いだ」タウンは強烈な悪意をこめて言った。「あのクソ野郎ハートとその手下たちは、妹とジャン・ジーインを殺して犬のように海に捨てた。ちゃんとした葬儀がされていれば——奴らはその報いを受けているのさ」

「ラッカムとシャーマンたちは、確かに代償を支払った」クレーンは言った。「おめでとう。私はなぜここにいる?」

「あいつがお前を欲しがっている」タウンはモンクを頭で示した。

「あいつ?　あれが?　どうして?」

「適当な体を探しているんだ」タウンは唇を舐めた。表情は固かったが、その目は恐怖に満ちていた。「普通の人間ではダメだ。つまり、皆、死んでしまうんだ。体から体へ移動してきたが、世界一の意思の力をもってしても、器が保《も》たない。あいつが体を使い始めると死んでしまう。そして、死体には棲めない。ここしばらくは本人に気づかれないままモンクの中にいたが、いまや……哀れなモンク。でも奴はベラを知っていて、あの子が好きだった。わかってくれると思う、きっと」

「本当に?」クレーンはモンクの首の筋肉が奇妙に変形するのを見ながら言った。中の何かが暴れまわっているかのようだ。

「それで、今度はお前がいいと言っている。どうやらお前はシャーマンらしい。奴に必要なのはシャーマンの体だ。お前がそうだとは知らなかった」

「私は違う！」

「あいつはそうだと言っている。お前の体が欲しいと。ここでやるべきことの片をつけて、シャーマンの体を手に入れたら立ち去る、と。それでようやくすべてが終わる。すまないな、ヴォードリー。お前は黙ってハマースミスに行けばよかったんだ。だから言ったじゃないか。それにお前はハートと非常に親しかった――」

「お前の妹が死んだ時、私は数千マイル離れた場所にいた」クレーンは言った。「この話は今朝初めて知った。タウン、頼むからこんなことはやめさせてくれ！」

タウンは首を振っていた。「もう遅すぎる。ジャン・ジーインにはシャーマンの力を持った体が必要で、お前にはそれがある、ただそれだけだ」頭の先を少し傾げて片側の肩をすくめた。何百回と見た、友人の特徴的な仕草だった。「すまないな。抵抗しなければ、すぐに終わると思う」

「そのクソったれの化物に私の体は渡さない」クレーンの口は恐怖でひきつり、やっとの思いで声を出した。メリックがシャーマンの憑依術によって知能を失った状態になった時のこと、自分も繰り返しの心理攻撃にあって苦しんだこと、さらにスティーヴンに記憶をすりかえられたことを思った。モンクの中で蠢《うごめ》いているおぞましい存在が自分の体に入ってくることを想像すると、嫌悪と恐怖で気が遠くなった。「お前は大きな間違いを犯している。スティーヴンはシャーマンだ。そこにいる死に損ないの腐れ偽物と違って、本物だ。私に指一本でも触れたら、あいつはお前を墓場までも追いかける。そうなって初めて本当の復讐の意味を知ることになるぞ」

「復讐なら知っている」タウンは言った。「ハートは既に死んでいる。ジャンはラッカムとパとロウを殺した。そしてこれからお前をコート代わりに着て出て行き、レオノーラ・ハートを終わらせる。ハートが地獄から見上げているといいが」

「このクソ野郎」クレーンは力いっぱいロープを引っ張ってあがいたが、無駄だった。結び目は堅くしっかりと留められていた。タウンは立ち上がると静かにモンクに話しかけた。そして小さな椀とナイフを持って、机の上に置いた。クレーンのカフを一つ外すと袖をめくった。

再び椀とナイフを手に取った。「ここにお前の血が必要なんだ」そう説明すると、クレーンの前腕を傷つけた。

クレーンは誰かが気づいてくれないものかと願いながら、苦痛のわめき声を上げた。腕から流れ出た血は、小さな切り口からは考えにくい、まるで動脈でも切ったかのように不自然な速さと量で、タウンの持つ椀に落ちていく。「血の魔法か?」クレーンはうなった。「お前はシャーマンでさえないのに、クソ魔道士《ワーロック》だ。スティーヴンはお前を殺す。きっとその後わざわざ死

から呼び戻して、さらにもう一度殺すぞ。このクソったれ！」

「あれはお前の最新のベッドの玩具か」タウンは血で満たされた椀を注意深く机に置いた。「ああいう連中は不都合になるといなくなりがちだよな？」包帯を一巻き取り出すと、傷口を覆い始めた。

クレーンは男の顔に唾を吐いた。タウンは顔を拭いながら口元を歪めて言った。「やめろ。俺のせいじゃない」

タウンが包帯を巻き終わると、モンクの体の中の何かが机に近づき、クレーンの前に立った。ピクピクと痙攣する顔の皮膚には無数のシワや折り目ができ、唇は震えて何かブツブツつぶやいている。

クレーンは無駄と知りながらも縛られているロープを力任せに引いた。

モンクがまごうことなく中国風の、まさにシャーマンと見て取れる動作で両手を上げると、椀の中の血液が揺れ、最初は静かに、次第に激しく泡立っていった。赤みが濃くなり、茶色い渦巻きが混じり始めた。

クレーンは必死にあがき、絶望的な思いで怒りの咆哮をあげていた。こんなことがあってたまるか、いまここで死ぬなんて、いや死ぬよりも酷い、化物に体を乗っ取られるなんて。ステイーヴンに別れのキスも、最後に一度抱きしめることもできずに、去ることなどできるものか。愛していると伝えられたこと、相手から同じ言葉を聞けたことは、慰めにはならなかった。むしろ、失ってしまうものの大きさと大切さとを苦しいほど思い知らされた。

〈九つは葬儀のため〉

椀の中の邪悪な魔法のかかった血はいまや水上竜巻のような形になり、濃い腐った茶色に変わっていた。すべての自然を否定したような存在。それを凝視していたクレーンは、体に何かが侵入してくるのを感じた。

不潔な感触だった。窒息するような屍臭が、厚く濡れた蜘蛛の巣のように、顔と目と口を覆い、耳の中に入り込み、鼻腔を這い、体中に広がった。悲鳴をあげようとするとその蔓はさらに深く食い込んだ。意識の中で狂人のつぶやきが響き、凶暴な憤怒と恨みの欠片と共に、それが体の奥深く入り込んで発見した何かに対する、おぞましい歓喜を感じた。クレーンは自分の血の中の力が目覚めるのを感じたが、それはたちまち相手に欲深く呑み込まれ、肉も骨も一緒に吸い込まれていくようだった。スティーヴンの時とはまるで違った。それは陵辱《レイプ》だった。他に何もできないので力いっぱい頭を振ったが、死んだ男の魂は本格的に力を吸い取り始め、椀の中で泡立つ血液をただ見つめるしかないクレーンの目に薄い膜がかかった。

椀の上で踊る血が、不意に横に噴出した。すぐにまた垂直に戻ったが、再度横に飛び跳ね、汚い茶色の中に鮮やかな赤い色が混じった。糸の緩んだ操り人形のように立っていたモンクはビクッと体を動かし、頭を上げた。噴出する血はさらに大きく震え始め、左右に揺れ、中央に戻っては横に揺れるのを繰り返した。ジャンの亡霊は鋭い咆哮をあげ、クレーンの意識に実体のないかぎ爪を食い込ませたが、いまやもう一つの力をはっきりと感じることができた。黒と白の羽をまとったそれが血流の中を走るのが感じられ、どこか深いところでクレーンは受け入れ、手を伸ばし、鳥たちに身を任せた。

〈私がカササギ王《マグパイ・ロード》だ〉ジャンの悲鳴の只中で、そう自分に言い聞かせた。〈私、たちがカササギ王《マグパイ・ロード》だ。飛ばすんだ、スティーヴン、鳥たちと一緒に飛んで、この化物を私の心から追い出せ！〉

ジャンの爪が必死にクレーンにしがみつこうとしていた。クレーンは大声をあげた。それは苦痛と抵抗の叫びで、そこにはいない鳥たちの啼き声がそれに呼応し、鋭く突くクチバシと見えない翼の羽ばたきが体の内と外で激しく動き回った。

椀が爆発した。土くれの破片が部屋の奥へ飛んで行き、血液は鮮やかな赤い雲のように散り、ほんの一瞬そこに鳥の姿を形作ったが、血の飛沫と共にすぐに消え去った。クレーンの体内の化物は、引き千切られて喚いていた。クレーンはやっとのことで息を吸い、突然激しい頭痛に襲われた。モンクが本格的に吠え声をあげ始めた。そして厚い木製の扉が、巨人の拳で叩かれたかのように内側に向かって破裂した。

木片を避けるようにして、スティーヴンが駆け込んできた。エスター・ゴールドがすぐ後に続く。走りながら手の一振りでモンクの体を後ろに倒すと、スティーヴンはクレーンの許へ一直線に走り寄った。青白い顔に、金と黒に光る瞳が燃えている。タウンが憤りの声をあげてピストルを取り出すと、浮浪児の少年――いや、ズボン姿でキャップをかぶったジェニー・セイントだ――が、見えない階段を上るように空を飛んで、顔に強烈な蹴りを決めた。倒れたタウンの上に少女は体重をかけて降り立ち、手をブーツの足で蹴って、銃を床に滑らせた。

ジャノッシ、メリック、そしてレオノーラも入ってきた。メリックは主人の姿を認めると激しく悪態をつき、駆け寄った。後に続いたレオノーラは、タウンのところで立ち止まると股間に正確かつ痛烈な一撃を食らわせた。スティーヴンはモンクから目を離すと恋人を見上げて話し始めたが、クレーンは弱々しいモンクの体を凝視していた。旧友は意識を浸食される前の状態を取り戻したようにも見えたが、クレーンは残っている力をすべて使って叫んだ。「ネズミだ！」

一瞬、完全なる静寂があった。そして、ネズミたちがやってきた。

それらは部屋の隅から、ありとあらゆる小さな隙間から侵入してきた。レオを殺そうとした時の数匹ではなく、何百ものネズミが、目の前で巨大化し、犬のようにうなり声をあげながら突進してきた。スティーヴンとエスターの見えない力がいったんは獣の集団を強く押し返したものの、起き上がっては再度向かってくる。甲高く耳触りの悪い金切り声と、土と石に擦り付けられる爪の乾いた音がした。

「縄を解いて！」スティーヴンはメリックに向かって叫び、エスターはレオノーラを自分の背後に隠した。四人の審犯者《ジャスティシアー》は肩を並べてクレーンの前に並び、強烈な力を放出する半円を作った。一匹のネズミがエスターに襲いかかると、その頭蓋が腐ったオレンジのように爆発した。

背後ではメリックがポケットナイフを片手に机に飛び乗り、クレーンを磔にしている太い縄を切り始めた。

「おい！」メリックがレオノーラに向かって叫んだ。「上に来て、手伝ってくれ」ナイフをもう一本取り出した。「お前はだな、ヴォードリー、ちゃんと立て」

「お前がやってみろ」聞き取りにくい声でクレーンは言い、体が傾くのを防ぐため、できる限り脚をまっすぐにして立った。

「クソ」メリックは必死で縄と格闘していた。「いったい何をされた？」

「あれに体の中に入れられた。シャーマンの幽霊」

「ファック」

「大丈夫だ」

「大丈夫じゃない」レオがもう片方の手首の縄を削りながら低い声で言った。

クレーンはそちらを向いた。ネズミたちは部屋いっぱいに広がり、数百匹が互いの体によじ登りながら、ただ一つ殺戮という目的に集中していた。四人の審犯者はその集団との間に少しの隙間を置いて陣地を守っていたが、ネズミの数は圧倒的だった。屍体は既に二フィート（約六十センチ）は積み重なり、化物はさらに増え続けている。一匹が仲間の体の上、頭上から攻撃的に手足を広げて飛びかかってきた。セイントが飛び上がって空中で蹴りを入れて遠くへ放ったが、残り三人が同時に「陣形を崩すな！」と叫び、一斉に後退した。

クレーンは左方向に目をやると叫んだ。「ジャノッシ！」

反射神経の良さが命を救った。若い男はクレーンの方ではなく反対側を見たため、攻撃してきたタウンのナイフが狙い通り心臓に刺さることはなく、肩口の肉に埋まった。

ジャノッシは苦痛で悲鳴をあげ、見えない一撃でタウンを壁に叩きつけたが、その隙にネズミが入り込んだ。

「陣形を崩すんじゃない！」スティーヴンが怒鳴った。「共鳴《レゾナンス》、三の八で行け《ゴー》！」

四人の審犯者は荒々しく同期して息を吸った。クレーンの頭に強烈な高音の振動が鳴り響いた。レオノーラは空いている手で片耳を押さえ、無意味だったが、音を避けるように顔を背けた。音はさらに高音になり、口の中と眼球に響く微振動のような感覚に変化した。ネズミたちはためらって後退し、混乱で鳴き声をあげ、審犯者たちがエスターの号令で前面に力を放射してネズミを粉砕した時にはセイントが雄叫びを上げたが、化物たちはすぐに波のように同調して体勢を立て直すと、再度凶暴に攻撃を始めた。

「ロープは切れないのか！」スティーヴンは叫んだ。

「もうすぐだ、サー」メリックが一心にナイフを引きながら応えた。

〈ナイフ〉

タウンはしっかりとナイフを握っていた。刺して殺すために……。

「ウィレッツはなぜ殺された？」クレーンは大声で訊ねた。

「知らんよ、そんなことは」メリックはうなった。「よし」太い縄がようやく切れ、クレーンと二人で力をかけると最後の切れ端が外れた。メリックは直ちにレオが切っているもう片方へ手を貸しに回った。

「召喚の歌など必要ないんだ。あいつを見ろ」ジャンの方向を示した。クレーンはシャーマンの名前を口にするつもりはなかった。「ネズミを制御するのに守護札も使っていない。ならば、なぜウィレッツを殺した？　ウィレッツが何を知っていた？」

「物語を？」

「終わり方だ」クレーンは突然確信して言った。「本物の終わり方だ。〝赤い潮流〟の器、女だ。そうか」

　スティーヴンの方を見たが、審犯者たちは命がけで戦っており、話をする暇はなかった。片膝をついたジャノッシをエスターが抱え起こし、一歩後退することになった。

「ファック」クレーンは縛られている片手を引っ張ったが、まだ外れそうにもなく、決断を下して命令をした。

「メリック。ハンフリスさんを殺せ。首を絞めろ。血を流すな」

　メリックは縄を切る手を止めた。無表情にクレーンと目を合わせた。

「やれ」クレーンが言った。

メリックはポケットナイフをたたむとクレーンの空いた片手に渡した。「何か紐はないか？」

「ポケットにハンカチーフが入っている」

「これを」レオノーラが靴を脱ぎ捨て、破れた絹のストッキングを外した。「何をやっているかわかっているんでしょうね」

メリックはストッキングを受け取ると机から飛び降り、ポケットから鉛筆を取り出した。壁際に倒れたモンクに駆け寄ると体を起こして跪かせた。首の周りにストッキングをかけると輪を作って鉛筆を差し入れ、無表情で静かなまま、即席の首輪《ガロット》を捻《ね》じり始めた。

「ああ、何てこと。ルシアン」レオノーラが囁いた。

「切り続けて」クレーン自身の手は激しく震えており、自分でナイフを使えば動脈を切ってしまいそうだった。

モンクは意識を失っているようだったが、メリックが紐を絞めていくと本能的にもがいて抵抗した。部屋の中のすべてのネズミが突然動きを止めた。次の瞬間、一斉にメリックの方へ押し寄せた。

「何しやがる！」その近くにいたセイントはこの一斉攻撃で後退りし、大量のネズミの圧力で見えない防御壁が歪んだ。エスターとスティーヴンがすぐさま駆け寄り、遅れてジャノッシも加わり、四人の審犯者は、今度はメリックの前に集まった。ネズミたちとの隙間はいまや数インチしかなく、積み重なったネズミの死骸は三、四フィート（約一メートル）に達していた。

憤怒の奇声をあげるネズミたちが爪と歯で間近に迫った。モンクは足を蹴って痙攣し、眼球は膨らみ、顔は黒くなり、審犯者たちが叫ぶ中、ようやくクレーンの残る片手が自由になった。前のめりに倒れ、正面の机に胸を打ち、息も絶え絶えでその上に突っ伏した。

モンクは舌を出し、顔は膨張し、眼球が飛び出て、上半身の動く様から、足をジタバタさせていることがわかった。突然、その体から力が抜けた。

ネズミたちは一斉に鳴き声をあげた。断末魔の叫びはクレーンの骨と目と髪の中に鳴り響き、その後、突然止まり、ネズミたちは体を縮ませ、後退して逃げ出した。

「ジーザス」クレーンは机から床に滑り落ちた。生きたネズミたちが壁の穴に向かって消えていき、風船がしぼむように死骸が小さくなっていくのを見つめた。

「ルシアン！」スティーヴンが軋み音を立てて机を横へ押しやった。消耗しきった顔は灰色に見えた。「ルシアン、大丈夫？」

「ああ。というか、かろうじて生きてる」

スティーヴンはクレーンの正面に跪くと注意深くその顎に触れた。クレーンは他の者たちを意識しながらも気持ちが休まる方を選んで前傾し、やさしく頬に両手をあてたスティーヴンは点検するようにクレーンの顔を左右に動かし、目を覗き込んだ。

「確か、あんたは決してひどい殺され方をしないと僕に約束したと思ったんだけど。確かにそう言ったよね」

「ネズミに食い殺されたりはしないとは言った。でも、気のふれた幽霊に魂を喰われないと約束をした覚えはない」クレーンは面白おかしく言ったつもりだったが、かすれた声がその意図を裏切った。「ああ。人生でこんなに誰かに会いたいと思ったことはないよ」

「間に合ってよかった」スティーヴンは静かに言ったが、手に入る力の強さは静かな言葉とは裏腹だった。

クレーンは辺りを見回した。メリックは無傷で、こちらを見ていた。視線が合うとクレーンに頷いた。死んだネズミたちは積み重なって縮小し続けていたが、生きていた時よりも変身の速度が遅かった。急に死骸の発する腐臭と下水の臭いとネズミたちの小便の強烈な臭いに気がついた。ジャノッシは床に倒れ、レオが傷口にハンカチをあてていた。片隅でセイントが音を立てて嘔吐していた。エスターは膝をついて座り込み、力を出し尽くして疲れ果てた様子だった。

「これで終わりか？」クレーンが訊ねた。

「この連中にとってはね」エスターが応えた。「聞かせてメリックさん、なぜ彼を殺したの？」

頭でモンクの方向を示した。

「問題がありますか、マダム？」たじろぐことなくメリックが訊いた。

「いえ、ただの質問。どうしてそうすべきだと思ったの？」

「私が命令した」クレーンが言った。「私の責任だ」足首がまだ縛られていることに気がついた。座り直し、脚を前方に持ってきてポケットナイフで縄を削り始めた。スティーヴンが無言でナイフをクレーンの手からとり、下を向いて仕事にかかった。

「それで?」

クレーンは注意深く両肩を回した。喉が恐ろしく渇いていた。「ウィレッツだ。あなたの推理では殺されたのは召喚の歌か守護札を狙った者の仕業だということだった。しかしあのシャーマン、化物には、明白にその必要はなかった。では、なぜ殺されたのか? 私は口封じのために殺されたと判断した。皆が知っている物語そのものについてではなく、他の者が知らない部分について。その本当の終わり方だ」

声がかすれた。メリックが携帯用の酒の容器《ヒップ・フラスク》を放ってよこし、強いブランデーを一口含んだ。

「クライスト! 次はもっといい酒を盗め、どこにあるか知っているだろうに」フラスクをスティーヴンに渡した。「我々が最初に話を聞いた時、〝赤い潮流〟の器だった巫女は絞め殺された。血は流れなかった。それが隠したいことなのではないかと思った。幽霊は私の中に入るのに血を必要とした。もし宿主が血を流すことなく殺されたら――タウンはジャンが屍体の中では生きられないと言っていた」

「なるほど」エスターはスティーヴンからフラスクを受け取るとぐいっとあおった。「ずいぶんな論理の飛躍だわ。あなたの聞いた物語の終わり方が本物だと、どうして確信できたの?」

「確信などない。計算づくの賭けだった」

エスターは突然頭を反らせて笑い声をあげた。「素晴らしい。あなたと仕事ができて光栄です、クレーン卿」

クレーンは声を平穏に保つのに苦労した。「いま私が殺させた男には名前があった。ポール・ハンフリス。モンクと呼ばれていた。こんなことには無関係だった。タウンが罠にかけて体を使っていた。完全に乗っ取られる前に、私に警告をしようとしていた。友人だった」

スティーヴンは作業の手を止めると、諌めるように腕に手を置いた。真顔に返ったエスターが言った。「申し訳なかった。でも知っておくべきなのは、あなたが殺したわけではないってこと。取り憑かれた状態では、いずれ体も精神《こころ》も長くは保たなかった。あなたの友人は、既に死んでいた」

「きょう、話をしたんだ」クレーンは頑固に続けた。「確かにモンクだった。私に話しかけた」

スティーヴンが腕をやさしくさすった。「ああいうものは、とても長い間、何の影響ももたらさず、気がつかないまま心の中に潜伏し続けることができる。癌のように。カエルみたいに長生きだ。あれはネズミを操っていない時には、ハンフリスさんの中に隠れていたんだと思う。体を完全に乗っ取った時に初めて、宿主を破壊して、脳や魂や神経を根こそぎ抜き去って、入れ替えてしまうのだと思う。そうなったらもう引き返せない」

クレーンがピクピクと醜く痙攣していたモンクの体を思い出した。「操り人形みたいに動いていた。肉の人形だ。私をああいう風にするつもりだった、ということだろう？」

「僕がいる限りさせない」スティーヴンは残る数本の縄の繊維を切るとナイフを放り、一見職業的以外何物でもない手つきで、しかしまったくそうとは思えない手触りで、痕のついた足首に触れた。「大丈夫だ。大きな損傷はない。メリックさん、怪我は？」

「いいえ、サー」

「ジョス？」

「かすり傷だ」

「出血傷だ」スティーヴンが言った。「ナイフで刺されたから、次に取り憑かれるのはお前だった。もっと気をつけろ」

「サー《でも》」

「気をつけるということで言えば、僕が三の八と言ったら三の八なのであって、三・五でも四でもない」スティーヴンはつけ加えた。「ひどい有様だった。また共鳴について説明をしないといけないのか、セイント？」

「ちょいと忙しかったし」

「忙しいのはいつものことだ。そして、簡単な共鳴さえできずに死ぬことになる。お前たち二人とも、明日はモパートさんのところへ行って、五分間は三の八ができるようになるまで戻ってくるんじゃない。いいな？」

「サー」二人の格下の審犯者はオロオロと声を合わせた。セイントが続けた。「ゴールドさんは――」

「お前たちにゴールドさんのできることがやれるようになったら、何が重要か自分で考えてもいい」スティーヴンは言った。「でもいまは共鳴の練習だ」

「陣形を崩すな、という言葉の意味もよく考えて練習に生かすことね」エスターは加えた。「あれはめちゃくちゃだったわ、セイント。とはいえ、他の点では二人ともよくやった。もちろん、クレーン卿がいなかったら皆こっぴどくやられていたでしょうけど」

「むしろその逆だと思うが」クレーンが言った。「君たち全員に助けられた」

「私もよ」レオノーラが静かに言い添えた。「これは私のせい、トムのせいだったんだから。謝るわ」

　これには言うべきことが見つからず、誰も言葉を返さなかった。クレーンは辺りを見た。

「タウンは？」

「死んだ」エスターが言った。

「何？　どうやって？」

「毒物よ。とても強い即効性の何かを飲んだみたい。血は流れなかった。ジャンの次の宿主にはなりたくなかったんでしょう」

「ジーザス。いったい奴をどうするんだ？」クレーンは訊いた。「この状況をどうする？」

　スティーヴンが口を開けたが、エスターがぴしゃりと遮った。「私が仕切る。メリックさん、体を使える人間が必要なの。頼ってもいいかしら？」

「もちろんです、マダム」

「よろしい。ジョス、ハートさんを診療所まで連れて行って。そこで体を洗って別のドレスを貸すわ」そうレオノーラに言った。「着替えている間、ジョス、傷口を縫ってもらって、その後彼女を家まで送り届けて。その前にリッカビー刑事をここによこして。わかった？　いいわ。ステッフ、クレーン卿が完全に問題ないか確認がしたい。家に連れて行って、一晩目を離さないでちょうだい。セイント、あなたと私とメリックさんでここを片付ける」

「それって不公平じゃないっ？」セイントが愚痴った。

「誰が公平だと言った？　さぁ皆、仕事にかかって」

「了解、マーム」スティーヴンはどちらかというと無表情だった。

メリックがやってきてクレーンに手を貸し、立ち上がらせた。「大丈夫か？」

「ああ。お前は？」

「もちろん」

クレーンは頷き、確認するように数秒間メリックの手を握った。従者は主人の腕をポンと叩いた。「さぁ行って、閣下《マイロード》。ここは終わりだ」

第十六章

階段を上がると清潔だが何もない屋内を抜け、一団は揃って遅い午後の陽射しの下に出た。クレーンはどこにいたのか、どのくらいの間地下室にいたのか見当もつかなかったが、眉をひそめて辺りを見回した。「ここはホルボーンか？」

「そう遠くない。家まで歩ける？　体を普通に戻すためには、歩けるのなら歩いた方がいい。少し運動が必要だ」スティーヴンが静かに言った。「ジョス、ハートさんを馬車に乗せて。少なくとも――クレーン卿……」

クレーンはポケットの奥から数シリングを発掘した。「これを持っていけ。レオ、気をつけて、明日会おう」

「大丈夫なの、ルシアン？」レオは訊いた。「ひどい顔色だわ」

「ありがとう、アダイ。ベッドに入ったらよくなる」

「きっとそうね」小さく微笑みを返した。「じゃ、明日」

「誰かあの人の傍にいるべきじゃないの？」別れて歩き出すとスティーヴンが訊ねた。「ひどい罪悪感のはずだ」

「大丈夫だ。レオにはトムと同程度の倫理観しかない。実際はね」

「ハートの責任は大きい」スティーヴンは険しい顔で言った。「気の毒な男」

「モンク？」

「ジャン」

「何？」

「地獄を信じる？」スティーヴンが突然言った。

「いや、特には。信じるべきか？」

スティーヴンは肩をすくめた。「僕は悪魔とその三又フォークなんてものは信じてない。でも、もし地獄を定義するのなら、良心的な男に、本人が信じている葬儀の儀式をすべて否定し、その魂をゆっくり狂気と復讐と堕落に追いやって、本来だったら嫌悪したであろう、悪を求める怒りと憎しみの塊に貶めること。それはまさに地獄だと思う」青ざめた顔のクレーンと共にさらに歩いた。「もちろん、わからないけど。会ったこともないし。欠点があったから、あそこまでひどくなったのかもしれない。あるいは、僕たちが見たものには元の人間の意識は何も残っていなかったのかもしれない。そうだといいが」

クレーンは息を呑み込んだ。「祈りや、決まった儀式がある。遺体がなくても、儀式を執り行うことで、彼を助けられると思うか？」

「わからない」スティーヴンが言った。「でも害にはならない」

「そうだな。やらせよう。ジャン・ジーインとアラベラ・クライヤー、そして気の毒なモンクのために。タウンもだ。あいつは本気だったんだろうか、それとも操られていたのか？」

スティーヴンはため息をついた。「誰にでも悪を行うことは可能だ。強制される者もいれば、抵抗する者、あるいは自ら率先して手を染める者もいる。クライヤーさんは最初、どこかの時点で選択をしたんだと思う。その選択がどんな結果を生むか、パやロウ、ラッカムたち以上に、知らなかったんじゃないかと思う」

暑い通りを歩き続け、クレーンは一歩進むごとに気分が良くなるのを感じた。筋肉が動いて緊張が解け、夏の陽射しが肌を温めた。猛烈に腹が減っていることにも気がつき、スティーヴンも同じだろうと想像できたが、どこかで食事を摂る選択肢はなかった。ポケットには一銭も残っていなかったし、好奇と嫌悪の視線を十分に感じていた。人々は二人の発する臭気を避けつつも、片方の男が非常に高価なスーツを着ていることに気がついていた。

「クソ、体が洗いたい」

「洗って。食べて」スティーヴンが視線を向けた。「その他にも」

これに対してクレーンは質問をせざるを得なくなった。「スティーヴン。本当のことを教えてくれ。あの化物――あれがまだ私の中にいる可能性はあるのか？」

「何？　もちろん、ない。もしまだいると思っていたら、家に向かって通りを歩いていやしない」

「そうだが、どうして確信できる？　もし何かが残っていて、私たちがファックして、それが君にうつったりしたら――」

「第一に」スティーヴンは断固とした調子で言った。「もしあれがまだあんたの中に残っていたら、僕らは皆死んでいる。あの化物にあんたの力の可能性が加わったら、全員虐殺されていただろう。第二に、あいつがあんたの中にいないのは僕にはわかる、なぜなら僕もあんたの中にいたからだ。神に感謝するしかないが、もしきょう僕の血管にあんたの血が流れていなかったら、あいつがやろうとしていることを見抜くまでもっと時間がかかっただろうし、倒すことができなかったかもしれない。でもうまくいって、僕は勝って、奴は去った。信じて」

　クレーンは説明を消化しながら頷き、恐怖が薄れるのを感じた。「つまり、君は戦った。私の体、血を通して戦ったのか？」

「まぁそういうことだ。力に火をつけて、カササギを呼んだ」

「ああ、それは感じた。でも……それによって君は危険にさらされたのではないか？　もしあの化物が勝った時、君が私の血の中にいたら――」

「いや、それは関係ない」スティーヴンは急いでつけ加えた。「あれだけの悪意を持った存在がカササギ王《マグパイ・ロード》の力を手に入れたら、大惨事になるところだった。それを妨げるのが最も重要だった」

「本当にそうなのか。頼む、スティーヴン。一緒に家に帰って、今度は離れるな」

＊＊＊＊＊

クレーンのマンションの居室《フラット》はストランド通りにあり、その豪華な設備の一つに、水を引いたタイル張りのバスルームがあった。ボイラーが点火されていなかったので水は冷たかったが、スティーヴンが浴槽の縁に座って片手を水に浸すと、わずかな泡立ちと共に湯気が立った。

クレーンは恋人を見ていた。「本当に役に立つな。役に立つし、美しいし、素晴らしい」

「汚らしい」スティーヴンが言った。「このスーツ、捨てたいんだけど」

「何ヵ月もそうして欲しいと思っていた」

二人が血だらけでネズミ臭のする衣類を脱ぎ捨てると、スティーヴンがそれらを束ねて台所の裏扉の外に置きに行った。クレーンは先に体を洗い始め、水を流して石鹼をなすりつけ、粗いスポンジで汚染された肌をこすった。

「背中を流すよ」後ろからスティーヴンが小さく言った。

クレーンは足でスツールを引き寄せて座った。スティーヴンの石鹼をたっぷりつけた手が軽くピリピリとした刺激で背中を這い、横腹をこすり、後ろから胸を撫でた。指先が乳首をつまんで転がし愛撫すると、クレーンはうめき声をあげて体を後ろに反らした。スティーヴンはクレーンの背中に熱い息を吐きながら滑り下り、尻の間とその穴を温かい舌で突くと同時に、両手は太ももの上をさまよい、わざとクレーンの硬直の先端をかすめた。

クレーンはうなり声をあげた。「この淫《ダーティ》らな小悪魔が」

「その通り」スティーヴンは囁いて、指先を踊らせると、クレーンのモノに小さな稲妻のような刺激を送った。「あんたに洗われたら、汚《ダーティじゃ》くなくなる」

「君は私にとってはいつでも淫《ダーティ》らだよ」クレーンは相手を引き寄せた。スティーヴンは抵抗せずにクレーンの膝の上に座り、体を捧げるように背中を反らせた。クレーンは石鹸をつかむと水につけて泡を立て、恋人の胸の上を走らせた。スティーヴンが声を出して悶えるまで感じやすい指先を丹念に洗い、その後ゆっくりと、小柄な男の小さな胴体と突き出た腰骨、そして股間の赤味を帯びた巻き毛に移った。

クレーンは石鹸の角度を変えてスティーヴンの尻の間に滑り込ませ、相手が焦らされて悶えるのを感じた。石鹸で泡を立て、繊細に、パターンを描くように恋人の肌の上に指を滑らせ、ピクピクと反応しながらあえぐ様を見ていた。「本当に君は美しい」クレーンは言った。「どうして欲しいか言って」

「あんたが欲しい、閣下《マイロード》」スティーヴンはかすれた声で言った。「僕をファックして、決して離さないで。愛してる」

「私も愛している」クレーンはスティーヴンの髪を片手でかいて小さく笑顔を作った。「私の

英雄《ヒーロー》」

「ものすごく恐ろしかった」たまらずこぼれ出たような言葉だった。スティーヴンの金色の目が真剣な眼差しでクレーンのそれを捉えると、クレーンは指先の動きを止めた。「あんたを失ったかと思った、ルシアン。あの化物があんたの体を着て魂を喰らってしまったんじゃないかと思ったら、耐えられなかった。ああ神様」

「こっちに来い」クレーンはスティーヴンの体を膝の上で起き上がらせると、ぎゅっと抱き寄せた。スティーヴンは頭を垂れた。一日の緊張がようやく解きほぐれていく中、スティーヴンは体を震わせ、クレーンは恋人を両手でしっかりと抱きかかえ、髪の毛に唇を押しつけた。

スティーヴンが一度小さくしゃくりあげた。「ごめん。ごめん。僕は……」

「しーっ。大丈夫だよ、可愛い子《スウィートハート》。私はどこへも行かない。ゆっくり時間をとって」

しばらく動かずにいた。スティーヴンは長く浅い息を繰り返して落ち着きを取り戻そうとしていた。クレーンは恋人を抱きかかえたままその息づかいに耳を澄まし、ようやく平常心を取り戻して深く息を吸うのが聞こえた。

「大丈夫か?」

「うん。ごめん、変なタイミングで発作が出ちゃった」

「一晩中ある。いくらでも発作を起こしていい」

スティーヴンは体を寄せた。クレーンは恋人の髪を撫で、指を耳の端から耳たぶに走らせた。

「大丈夫だから」そう囁いた。「何も問題はない」

「いまはね。本当にひどい一日だった」スティーヴンは恋人の胸に向かって愚痴るように言った。

「そうでもないぞ。いい時間もあった」

「それは本当。素敵な時間は、とても素晴らしかった。でも忘れたい時間もたくさんあった」

「それは私に任せろ。君がいい時にいつでも」クレーンは指の爪でスティーヴンのうなじを撫で、相手が震えるのを感じた。

「ふんん。ありがとう、ルシアン」

「何を？」

「わからないや。ここにいてくれて」

「それは、君のせいだ」クレーンは指摘した。「君がやたらと私の命を助けるから」

　見上げたスティーヴンの顔には、例の片側で作る笑顔の予感があった。「だって、こんな素敵な飾りのついた肌の持ち主だもの。失うのはもったいない」

　それを聞いてクレーンは恋人を深いキスで捉え、手を這わせ、その返答に電気の刺激が走るのを感じた。撫でて舐めて噛んで、相手に考える隙を与えないように体を開かせ、いつか膝の上のスティーヴンは堪えられない刺激に身悶えしていた。

「ルシアン、閣下、僕のご主人様……」

「ん？」クレーンは誘うように囁いた。

「いま。お願い。ファックして。たくさん」

「君が自分の名前を忘れるまでファックしよう。でも……」クレーンはきょうこそはスティーヴンを粗末に扱うことなど想像できなかった。「きょうは君が主導だ」スティーヴンのびっくりした表情に笑いかけた。恋人には紛れもなく、徹底的に受け身でいることを好む嗜好があって、それはクレーンにも都合がよかったが、そろそろ少しは経験を広げてもいい頃合いだ。

「来るんだ、この魔女。私を君の中に受け入れて」

「あ」スティーヴンは膝の上で体勢を整えると、相手の肩をつかんでバランスをとりながら、クレーンの硬直の上に注意深く身を沈めた。「んんん」

「君の好きなように」クレーンは囁きながら恋人の首と肩にキスをし、腰を動かさずにいた。

「君のペースでいいんだ。君が主導だ。好きなようにしろ」

「もしかしてやっぱり誰かが中にいるんじゃないのかな」スティーヴンはつぶやき、さらに焦らすようにほんの少しだけ体を沈めた。クレーンは腕を伸ばそうとして、肩の痛みに地下室での苦しみを思い出したが、両手を頭の後ろにあてた。相手の腰を持ち上げて強く突き上げたりしないように。スティーヴンの動きはゆっくりで、クレーンはまだ半分ほどしか挿入できておらず、一気に恋人を貫きたい欲求を我慢して、睾丸は痛いほどになっていた。唇を噛んだ。

「苦しいんですか、閣下？」スティーヴンが胸に細かくキスをしながらやさしく訊いた。「何をして欲しいか言って」

「君の主導だ」

　スティーヴンは間を置くと罰するように片方の乳首をひねった。「そう、だから、僕に何をして欲しいか言って欲しい、と言ったんだ。あんたの話し方が好きなんだ」

　クレーンはうなった。「勘弁してくれ、スティーヴン。私の上で自分をファックして欲しい。君が好きなように私を使って欲しい。自分でイクんだ」

「ああ、もちろん」スティーヴンは応えると、深く沈んでクレーンを根元まで一気に受け入れた。恋人の低い呻き声と共にクレーンが叫ぶと、スティーヴンは本気で動き出した。

　両手でクレーンの肩をしっかりつかみ、集中して上下に動く中、借り物の刺青《タトゥー》は青白い肌の上で啼き声をあげた。わずかに先端を残して体を引き上げては何度も深く体に恋人を埋めた。スティーヴン自身のモノも濡れて光り、鉄のように硬くなりクレーンの腹に当たった。クレーンはかすれ声で言った。「君に触れていいかどうか、言って」

「ダメだ。こうしてイキたい。あんただけで達したい」

　クレーンの呼吸が荒くなった。スティーヴンは小さな悲鳴をあげ、角度を変えて、頭を反らせた。「最高だ。ルシアン、あんたはこれでいいの？　動きたくないの？」

「いままでこれほどまでに硬くなったことはない」クレーンは歯の間から言った。「もしいま動いたら、君を床に押し倒して野生動物みたいに襲いかかることになるから、そんなことは言わないほうがいい」

「もうどっちが主導権を持っているんだかわからなくなってきた」スティーヴンは荒い呼吸の下から言った。クレーンの硬直の周りできつく、緊張が高まり、さらに動きが早まった。

「君だ。いつだって君だ」

「今度ベッドに鎖で僕を縛りつけた時、その言葉を思い出せるかな」

「その必要はない」クレーンはスティーヴンの手の波動を感じ、動きが激しくなればなるほど器官が膨張しきって行くのを感じた。「その時は私を口の中で咥えているから、そもそも話すことなどできない。口の中で、可愛い尻の中で、涙で懇願するまで君を堪能する。それがまさに君の望みだからだ、君が欲しいというものをいつでもあげよう――」

「ル、ルシアン！」スティーヴンは悲鳴をあげて、乱暴なほどの勢いで頂点に達して、クレーンの腹に熱い白濁をほとばしらせた。その後、制御がなくなり乱れた上下動ほんの数回で、クレーンもまた達した。

お互いにしがみつき、荒く息をしながら切れ切れの愛と欲望の言葉を交わす中、刺青のカササギたちが二人の体を行ったり来たりした。

「首に一羽いる」呼吸を整えたスティーヴンが言った。「まるで全然ヒゲを剃っていないみたいに見える。ほらほら、行って」さまよえる刺青を手で払って、下に追いやった。

「忌々《いまいま》しい鳥たち」刺青のくちばしで一羽がスティーヴンの乳首を突くのを見ながら、クレーンが言った。「いや、そうでもないか」

「そうだね。命を助けられるたびに愛着が湧いてくる」

「あいつらにとっては純粋な自己防衛だ」クレーンはスティーヴンの目の端の小さなシワに手を触れた。見たくないものをたくさん見てきた、消せない痕。「君は大丈夫か、可愛い子《スウィートボーイ》？　これでよかったか？」

スティーヴンは頭を傾げ、じっくり考えた。「うん。まぁ、そうだね。ありがとう」

「おい！」クレーンが口を開くと、恋人の目がいたずらに光ったのを見て、仕返しに一すくいの水を相手にかけた。スティーヴンは風呂に貯めた水を一気にクレーンに浴びせかけ、全身水浸しにして見せた。二人は笑いながら再度体を洗うと、やがて台所を経由して食料貯蔵室を漁った。スティーヴンは裸のまま台所の机に寄りかかり、クレーンがハムとパンを切り分けるのを見ていた。

「これからどうするの？」半分ほど平らげた後、スティーヴンが訊ねた。

「いまこれから？　君をベッドに連れて行って少なくとも明日の昼食まではそこにいる。長期展望？　たぶん、会社の運営をこっちに移動する。もし英国に残るなら——実際、残るつもりだ——運営を掌握して、両手ではなく片手で盗む程度の仲買人を雇う必要がある。ヨーロッパでの貿易網を作り上げるのも面白いかもしれない。ヴォードリーの財産の管理もしなくてはならないだろう。父のバカげた運用を一部軌道修正したが、まだまだ十分ではない。さらに親類たちがうるさいので、黙らせないといけない。仕事はいくらでもある」

「時々、自分が貧乏でよかったと思うことがある」スティーヴンが言った。「中国人たちの間のリエゾンになってくれる？　しばらくの間だけでも。今回の件はライムハウスの残されたシャーマンたちの間で騒ぎになっていると思うから、一緒に動いてくれる信頼できる人が必要なんだ」

「ゴールドさんはそれでいいのかな？」

「大丈夫だと思う」

「それならば、君の仰せの通りに」

「そうは言っても」スティーヴンが愛情に満ちた眼差しを向けた。「いつもそうでないといいけど」

「もちろん違うさ。もしまたベッドで主導権をとりたければ、命を助けてもらうくらいはしないと」

「ちょっと待って。そうなると、あと少なくとも三回は――」

クレーンはわざとらしく抗議の声をあげて相手につかみかかり、二人は笑いながらもみ合った。窓の外では何百羽ものカササギが集まって旋回し、屋根の上に停まっていた。

読んでくれてありがとう！
続いては『カササギの魔法』シリーズのおまけの物語、『酒《スピリット》を巡る事件』です。

酒《スピリット》を巡る事件

A Case of Spirits

ジンのグールー、サイモンへ、感謝をこめて

第一章

八月終わりのある夜、季節が変わった。四月以来キルトのように英国《イングランド》を覆っていた蒸し暑さは滝のような秋の雨にその座を明け渡し、雨はロンドンの乾燥しきった土と灼けた舗装路、そして乾いた屋根を太鼓のように叩いていた。それは季節風《モンスーン》の雨のように、一滴一滴が大きく重く、埃っぽい空気の中を水の膜のように大量に降り注ぐ雨だった。故郷《ホーム》のようだった。

クレーンはベッドで横になり、ガラスに叩きつける雨の音に耳を傾けていた。上海では雨の季節を愛していた（メリックは反対に大嫌いで、忌々しい英国にいない利点は忌々しい雨に降られないためじゃなかったのかと延々文句を言っていた）。あっちではいま頃雨が降っているだろう。愛する街への郷愁が胸に迫った。汗臭い満員の居酒屋、あるいはキャノピーにあたる雨の音を聞きながらのはしけ《バージ》でのモンスーン・パーティ、雨の雫に濡れた石、スパイスと濡れた皮の匂い。すべてが英国よりよほど魅力的だった。

でも上海にはスティーヴンがいない。

恋人は深い眠りに落ちて、横に寄り添って丸くなっていた。半分開いたカーテンから射す月の光に照らされた青白い肌の上で、先ほど愛しあった時に命を得たカササギの刺青《タトゥー》が、かすかに羽を羽ばたかせるのが見えた。その背中に手を置くと、刺青の鳥が指を突《つつ》くのに任せた。

「そこにいろ」小さな声で刺青に言った。そもそもスティーヴンに与えるつもりはなかったし、前もって訊かれていたら断っていただろうが、それでも刺青がそこにあるのを見るのは好きだった。スティーヴンが刺青によってクレーンのものであると刻印を押されたように感じていることは知っていたし、その感情に多少の危機感を覚えつつ自身もそのことに喜びを感じていた。

〈私の恋人。私のシャーマン。頑固で気難しくて捉えがたい、私のスティーヴン〉

スティーヴンのためになら英国を我慢できた。とはいうものの、眠れぬままそこに横たわり、雨の音を聞きながら上海を思っていた。

裏口の扉が開閉するくぐもった音が救いとなった。眠れないのであれば、少なくともメリックと話せる。思い出話をしたい気分になっていたし、雑に椅子を引く音やドスンといういつにない大きな音から察するに、メリックは相当飲んで帰ったようだ。夜中に最後の一杯というのもオツだろう。クレーンはスティーヴンの無意識の抱擁から注意深く身を外すと中国製の絹の部屋着《ガウン》を手に持ち、静かに床を横切って部屋を抜け出した。

台所の扉は閉じられていた。引いて開けると、ロウソク一本だけの明かりの中、メリックが椅子に腰を下ろし、両手で頭を抱えていた。皮肉をこめて酔っ払いの役立たずについての話をしかけると、メリックが突然体を垂直に起こして言った。「あの人を見たか？」

「誰？」後ろ手で扉を閉め、強い酒《スピリット》の臭気を鼻に感じながらクレーンは訊ねた。「クライスト、ずいぶんな飲み方をしたんじゃないか？　どこに行っていた？」

「オールド・トム」メリックは不明瞭な声で言った。

クレーンはその名に心当たりがなく、ロンドンの場末の飲み屋についての知識不足を少しばかり嘆いた。上海ならばメリックが行く酒場はすべて知っていたし、たぶん一緒に飲みに出かけることもあっただろう。「誰と一緒だった？」

メリックの目は焦点が合っていなかった。一秒ほど、考えるような顔になった。「ハンフリスさん」

いまのは、聞き間違いだろう。「ハンフリース？　お前の自慢できない友人の一人か？」

「ハンフリス」メリックはかすれた声で言い、今度こそ確かに聞こえた。死んだ気の毒なモンクの名前の響きは歓迎ではなかった。

「まったくもって面白くないぞ。さっさと寝たほうがいい」

メリックは聞いていなかった。片手を上げると、クレーンを指差した。指が震えていた。

「もう勘弁してくれ。飲みすぎにもほどがある。何が言いたい？」

「い、い、い、お前の後ろ」

クレーンは振り向かなかった。前に向かって跳んでから横へ移動し、動きながら台の上のナイフを手に取って身構え、攻撃態勢で振り向いて見たものは――――。

何もなかった。閉じた扉があるだけで、何の脅威もなかった。そもそも自分の住居《フラット》で恐れるべきものなどあるはずもない。

「アホタレ」自身の反応にイラついてナイフを叩き置くと、従者の方に向いた。メリックは呆然と前を見たまま、音も立てずになにごとかつぶやいていた。薄明かりの中、両目は大きな黒い穴だった。

見えないものを見るのはスティーヴンの仕事だ。「いったい何を飲んだ？　行くぞ、このバカモン、立って」

「ハンフリスさん」メリックは囁いた。「そこにいる」

クレーンは思わず再度辺りを見回した。スティーヴンと一緒に過ごしすぎだ。どんな妙なことでもあり得ると思えてしまう。「いない。お前は酔っている」

「首の周りにストッキング。ああ、神様。お前を見てる」

「わかった、もういい」クレーンはメリックの体を持ち上げようと腕を引いたが、その途中でメリックに肩を強く押され、態勢を崩した。クレーンはテーブルの端をつかんでかろうじて床に倒れ込むのを防いだ。「何をしやが――」

「巫蠱《ウーグー》！」

クレーンは反射的にテーブルの下に潜ったが、すぐに自分とメリックに対して悪態をついた。巫蠱《ウーグー》と呼ばれる邪悪な魔法は英国に戻ってからの日々に大きな影を落としており、敵対する強力な魔道士《ワーロック》が少なくとも一人、未だに逮捕されていない。自宅でそのことを思い知らされるのは不愉快だった。

立ち上がろうとしたが、肩にかかった手は力を緩めなかった。「放せ。ここには何もいないし、二人ともこんなバカをするには年を取りすぎている。さっさとベッドへ行くんだ」

メリックは返答をせず、クレーンの肩を押さえる指は、存在しない脅威から相手を守るためというよりは、いまや必死で支えを求めるかのように、深く食い込んでつかんでいた。「ユアンユアン」かすれた声で言った。「彼女がいる。ここにいる」

「何だと」クレーンは身をよじってメリックの腕をつかんだ。「やめろ。ここにいるのは私だ。彼女はいない。ここには他に誰もいない。私の言うことが聞こえているか？」

「彼女が見える」メリックの顔は蒼白で視線は中空を見ていた。「赤ん坊が見える。皆が、見える」

クレーンは相手の顎をつかんで顔の向きを変え、大声で怒鳴ろうとしたが、半ばで言葉を失った。

メリックの両目は液体のようだった。瞼も、虹彩も、白目もなかった。灰色と青の色がかすかについた異常な透明の液体だけとなり、クレーンが見つめている間に片目から何かの雫が涙のように溢れ出て、頬を伝った。

「スティーヴン！」勢いよく扉に取りついて開け、大声で叫んだ。「ス、ティ、ー、ヴン、！」

クレーンが寝室まで来ると、スティーヴンは既に起き上がり、眠そうにブツブツ言いながら、裸のまま部屋を歩いていた。その手首をつかんで体ごと引きずるように台所に向かい、メリックの前に突き出した。「このクソったれの目だ。何とかしてくれ」

「地獄の牙よ《ヘルズ・ティース》」テーブルまでに要する二歩でスティーヴンは完全に覚醒した。メリックの顔をつかんで手でまさぐった。「何があった？」

「わからない。ひどく酔っていて、幽霊が見えるようだ――ああ、クソ」メリックの両目はいまや膨張し、液体化した目は何かの袋に入っているかのようだった。大粒の液体がまた溢れ出ていた。口がパクパクと動いていた。「止めてやってくれ」

スティーヴンの顔は集中していた。「やってる。外的要因はない、同等化《エクイヴァレンシー》もない、これはどういう種類の……。いったい……」

メリックが苦しそうに声を出した。「ヴォードリー」

「ここにいる」クレーンは応えたが、メリックは別の誰かに話しているようだった。

「ヴォードリー。バカ野郎が。クソ野蛮人め。脱出させただろうが！」目の中の恐ろしげな液体が激しく揺れ、急に体を震わすと椅子の背に仰向けに倒れた。頭がぶらんと揺れた。

「メ、メ、メリック！」

「いや、大丈夫」スティーヴンはメリックの椅子の後ろに移動し、意識を失った男の頭に手を置き、訝しげに見下ろしていた。「というか、大丈夫ではないんだが。いまのは、僕がやった。

意識を失わせた。起きていない方が良さそうだ。現象は本人の内側から来ていて、良いことではない。何か着るものを持ってきてくれないか？」

「無事なのか？」

「何が起きているのかわからない」

クレーンは拳を握った。「頼む、助けてやってくれ」

「時間をくれ、ルシアン。それから服も、よろしく《プリーズ》」

クレーンには寒く感じられなかったし、メリックが気を失って顎にベトベトした液体がこびりついているのを見て、寒かったとしても気にはならなかったが、細いスティーヴンにはあまり外気から体を保護する肉もついていない。中国製のガウンをもう一枚取ってくると、恋人の肩から覆いかけた。ガウンはスティーヴンには大きすぎて小柄の体が絹布に埋もれてしまいそうだった。こんな時でなければクレーンはその様子を楽しんで見つめたことだろう。スティーヴンは無反応で、思索に深く没頭しており、クレーンは相手の体を揺すぶって答えを聞き出したい思いに駆られた。

できる限り長く、たぶん一分ほどだったろうか、待ってから訊ねた。「わかったか？」

「何とも言えない」スティーヴンの両手はメリックの顔の周りをピクピクと動き周り、空気をつかむように移動していた。「どういう意味だ、幽霊を見ていた、とは？」

「モンク・ハンフリスが見えると言っていた。それから連れ合いも」

「ハンフリスの奥さんが？」

「メリックの」

スティーヴンはびっくりして顔を上げた。「結婚していたとは知らなかった。何があった？」

クレーンは肺が空気を失ったように苦しくなるのを感じた。このことを最後に話したのはずいぶん昔だ。「出産で死んだ。十年前だ。あぁ、赤ん坊も見えると言っていた」

「赤ん坊も死んだのか？」

クレーンに悪い思い出は数限りなくあったが、これは中でも最悪のものの一つだった。悲鳴、助産婦の血まみれの手、母親と赤ん坊のどちらを助けたいかとメリックに訊く無感情な声。選択を告げる時の男の顔、そして、その後選択が間違っていたことが明らかになった時の顔。あるいは選択そのものも無駄だったのかもしれないのだが。

すべてが終わってから、何日間も二人で酒を飲み続け、その後クレーンはメリックを連れ出して上海を離れ、一年余りの間、商売にかこつけて彷徨《さまよ》うように旅をし続けた。目指すべき目的地はなく、ただ動き続けることが目的だった。

スティーヴンはクレーンの表情から答えを読み取って頷いた。「あんたのことは？」

「私が何だって？」

「あんたのことが見えると言っていた。野蛮人の何かで、脱出がどうとか。あれは何だ？」

クレーンは無意識に片手を上げて、首の後ろを触った。だいぶ昔に治癒して薄くなった幾つもの長細い線状の傷口がまた開いていたとしても驚かなかった。そのくらい、過去が生々しく感じられた。「将軍だ、北方の。ジャン・ジーインが殺された時に私たちがいた場所。ボグダという名前のデカいクソ野郎で、数ヵ月は楽しく遊んでいたのだが、次第に楽しくなくなってきたので立ち去ろうとしたら、えーと、監禁されてね。メリックに助け出してもらえるまで数週間かかった。でも、脱出はした。私は幽霊ではない」

玄関でベルが鳴って、二人ともビクッとした。クレーンが時計に目をやると深夜十二時半だった。「いったい誰だ？」

「見てきてくれるか？」スティーヴンはメリックに注意を戻していた。クレーンは真っ暗な廊下を歩いて行き、すぐにテーブルか何かにいやというほど脛《すね》をぶつけた。手探りでランプのガス栓をひねるとかすかな音と共に嫌な臭いがした。「明かりを」スティーヴンに呼びかけた。明かりが従順に灯ると、クレーンは急ぎ重い玄関扉に向かい、二度目にベルが鳴ると共に引き開けると、エスター・ゴールドが立っているのを見つけた。青ざめた顔をしていた。髪の毛は乱雑に頭の後ろで束ねられ、ドレスには幾つもの濡れた黒い痕がついていた。「クレーン卿。スティーヴンがここにいるといいいんだけど」

何が起きていたとしても、メリックからスティーヴンを取り上げさせはしない。「いま忙しい」

「もっと忙しくなるところよ」悪びれずクレーンの横を通り抜けた。「ステッフ！」

「台所」スティーヴンが平坦な声で応えた。「問題が起きている」

「幽霊が見える類の？」

クレーンはエスターの肩をつかんだ。振り向いてにらみつけるのを無視して訊ねた。「何が起きているのか知っているのか？」

「知っている、というわけではないけど」エスターはいとも簡単にクレーンの手を振り切ると先を急ぎ、薄暗い台所での状況に顔をしかめた。ロウソクが数本灯った。「それはメリックさん？　目が破裂する前に気絶させた？」

「何、だって？」

「ああ、そんな様子だったんで手を打った」スティーヴンの声はあまりにも落ち着いていた。

「何が起きている？」

「いまのところ被害者は九人――これで十人――全員がそこにいるべきではないものを見ていると口走る。両目が透明に膨らんで、そのまま見続けていると――」指をパッと開き、口で破裂音を出した。「ひどい有様で、いったい何なのか見当もつかない。それから、ステッフ……。セイントがやられたの」

スティーヴンはハッと頭を上げた。「まさか――」

「まだ大丈夫なうちに私が気絶させた」

スティーヴンの顔は独特の極めて職業的な表情に変わっていた。正義と報復とが出会う冷たい場所から、淡々とした声で言った。「幽霊ではないと思う。メリックさんはクレーン卿が見えると言った」

「どういう状況で？」

「危機的状況で見放した」二人の審犯者《ジャスティシアー》は暗黙の了解で顔を見合わせ、スティーヴンはかすかに肩をすくめた。「調べよう。僕は、えーと、着替えてくる。何かメリックさんにしてやれることはあるか、エス？」

「私の知る限りはないわ。ベッドに寝かせて、目を覚まさないようにすること」

「置いていくのは安全なのか？」クレーンは訊いた。

「意識が戻らないように僕がするよ」スティーヴンが言った。「目を覚まさなければこれ以上悪くはならない。何があったかを突き止める以外に、できることはない」

クレーンは頷いた。「これは確かに一般的な話なのか？　メリックを狙ったわけでも、間接的に私を狙ったわけでもない、と？」

「既に他に九人被害者がいる」エスターが言った。「弁護士が一人、セイント、行商人が数人、夜の女が二人、学校の教師一人と、寺男。ランダムに思えるわ」

「傍についている必要はあるか？」

「どこへ行こうと言うの？」エスターが訊ねた。

「もし行くところがあるのならば、ここにいてもあまり意味はないと思う」スティーヴンが言った。「本人にはわからない。いま出かけるのであれば、扉に魔除けをしよう。でも、いったいどこへ？」

「君と一緒に行く」

　スティーヴンは眉をひそめた。「ルシアン、それはどうかと――」

「この何だかわからないものはメリックにユアンユアンを見せた」クレーンは自分の声に混じる強い怒りを感じた。「だからもし君たちがこの原因を追求するのであれば、私がそのクソッ――責任者たちの体から首をもぎ取ってやる。ゆっくりとね」

「私の良心もその作戦には賛成できる」エスターが言った。「来たいのなら来て。とにかく急いでくれる限り、構わないわ」

第二章

　エスターが外に待たせていた馬車《キャブ》で東に向かい、シージング・レーンの小さな中世の教会に着いた。中に明かりが灯っているのが窓から見え、悲鳴や呻き声が聞こえる中、クレーンは降りしきる雨を逃れて中へ急いだ。

「事件はすべてこの地区で起きているから、ここに被害者を集めている」エスターがスティーヴンに説明しながら扉へ向かった。「ここの寺男が最初の被害者の一人だった。ダンが中にいるわ。マクリーディのチームとジャノッシが街に出て、目をやられる前に患者を拾っている」

　教会の中は混沌としていた。床に寝かされている五人の姿に最初ゾッとしたが、クレーンはそれらが気絶させられた気の毒な被害者たちだということを悟った。残った人々は……。その様子に歯を食いしばった。体を寄せ合ってもがくように手を動かし、赤黒い穴の空いた顔にはギラギラとした液体の痕跡が残っていた。辺りの空気は、短く連続した鋭い悲鳴の合唱と、窒息しそうな低い声の嗚咽とで満ちていた。濡れた衣服と汚い体、そして安酒の臭いがした。一人の牧師が身なりのきちんとした女の手を握っていた。女は頭にピンで留めたボネット帽子をかぶったまま、前後に揺れて嗚咽を漏らしていた。緑のサッシュを身につけた男女が数人、お茶と毛布を配って歩いていた。ダニエル・ゴールド医師は人々の真ん中にいて、巻き毛を振り乱して黒いスーツと上靴を履いた赤ら顔の男性と激しく口論していた。クレーンはゴールドの診療所の看護婦が、七歳にも満たないであろう子供の痩せた無残な顔から、透明のぶよぶよした液体をふき取っているのを見た。

　エスターとスティーヴンは何も言わずにその場を離れた。クレーンには特段の目的もなく、ゴールドとその患者たちの傍で、痛ましい顔に視線を止めないようにしながら、様子を見守った。想像の中でメリックの聡明な栗色の目をぽっかりと空いた恐ろしい穴に置き換え、吐き気を催した。歯を食いしばった。

　ゴールドは上靴の男の顔をにらみつけていた。「そんなことは僕には関係ない。必要なのは助けだ。看護婦と、医療品と――」

「誰がその費用を支払うんだ？」男は鋭く訊ねた。「この教区では受け入れにも限度がある。医者に支払う金などない。あんたがこの連中を連れてきたんだ――」

「この人たちには助けが必要なんだ」

「そんな金はない！」

　ゴールドの顔が怒りで歪んだ。「ずいぶん敬虔なクリスチャンだな」

「もうやめろ」クレーンが激しい口調で遮ると、いがみ合う二人は飛び上がった。「私が必要な費用をすべて出そう。いますぐ手配しろ。クレーン卿だ」上靴の男に訊ねる時間を与えずに名乗った。「一つ残らず、医師の言う通りにしろ。さっさと行け！」

　ゴールドは自分の看護婦を捕まえて口早に指令を伝えていた。クレーンは自分がもう必要ないとわかるまで近くにいた後、ベンチに腰を下ろし、前かがみになって両手を見つめていると、近くで声がした。

「だから、座ってください、先生」ゴールドの診療所の看護婦が、本人を押すようにして席に座らせようとしていた。「倒れてしまう前に、十分だけ、休んでください。お茶をお願いします」室内に呼びかけた。

クレーンは体を動かして医師に隣に座るよう促した。ダニエル・ゴールドは疲れきっているように見え、着衣にはどろどろと滑って光る液体の染みが付着し、汚れた指で髪をかきあげるのを見て、クレーンはひるみそうになるのを抑えた。

「クレーン卿。ありがとう。金のことも、間に入ってくれたことも。ひどい晩だ」ゴールドは目を閉じて頭を後ろに倒した。「エスターからセイントがやられたことを聞いたか?」

「メリックもだ」

「ああ、なんと。それは気の毒に。目の方は――?」

「スティーヴンが早めに気絶させた」患者たちの間から耳をつんざくような悲鳴があがった。クレーンはたじろいだ。「彼らも何とかしてやることはできないのか?　気絶させるとか?」

「それが何になる?」ゴールドが訊ねた。「目を覚ましても盲目のままだ。それに、言っちゃ悪いが、ほとんど要領を得ないものの、何があったのか少しでも訊き出す必要がある。何が起こっているのか手がかりをつかまなければならない。かわいそうだが、まだ助かるチャンスのある患者たちが優先だ」

クレーンは歯ぎしりをした。「先生、いったい何が起きている?」

「酒よ」ベンチの端に立った女が大きな声で言った。緑のサッシュを体に巻き、熱い茶の入ったスズのマグカップを乗せたトレーを抱えていた。ゴールドがカップを一つクレーンに渡し、自分にも一つとった。「悪魔の飲み物。あの人たちは目が潰れるまで飲み続ける。人間が、猿や悪魔に成り下がる」その顔は自分の正しさを信じ込んでいる者の怒りに満ちていた。「ロンドンの悪徳のすべてはアルコールの呪いから生まれているのです」

「僕らは二人とも酒は飲まんよ」ゴールドは言い聞かせるように言った。「生まれてこの方一度もね。あっちにもっとお茶を頼めないかな」教会の最も遠い片隅を漠然と示し、女が立ち去るまで期待をこめた顔で見つめた。

クレーンは紅茶をすすると煮詰まった渋みに顔をしかめた。ゴールドは引きつった笑顔を見せた。「ピリッとする一杯ってところだな、酔えないのが残念だが。しかし、ここは禁酒主義者がウロウロしているから、大声では言えない。よく働いてくれているが、漏れなく正義を押し売りされる」

「あの緑のサッシュの連中か？　何者なんだ？」クレーンは微塵も気にしていなかったが、会話は周りの音や自分自身の思考を忘れさせた。

ゴールドも同じように感じているようだ。「禁酒協会《テンペランス・ソサエティ》だ。狂信者たちさ。街中を歩いてはパブに押しかけて、まっとうなパブ経営者だろうと闇酒屋だろうとお構いなしに説教して回っている。診療所にも一人来たよ。患者のふりをしてやってきて、アルコール消毒について抗議し始めたんだ。言わせてもらうと、そのアルコールはほぼ決して飲んだりしないんだが」ゴールドは手で再び顔をぬぐった。「もちろん、連中に一理あるところもある。労働者階級の呪いだ、云々とな。だが、いままさに一杯欲しいところだ」

「一本、でもいいぞ。先生、いったい何が起きている？」

「まったくわからない。体と心、両方に働きかけていることは確かだ。意識不明の患者を診たが、目の状態は相変わらずおかしいものの、破裂したりはしない」

「君に治せるか？」スズのカップが、握りしめているクレーンの力で少し歪んだ。痛いくらいの熱さに、むしろ助けられた。

ゴールドはどうしようもないと云った動作を見せた。「治すには何が原因で、どう作用するのかを知る必要があるが、手がかりが何もない。被害者を見るといい。寺男、教師、売春婦、子供に、セイント。立派な人々と底辺の人々。年齢も様々だ。共通点はいったい全体何だ？」

「何があったか誰からも聞けていないのか？」

「意識を失っていなくて悲鳴をあげていない被害者たちは、相変わらず例の症状に苦しんでいる。彼らが何を見ているのかを把握するだけで苦労している。あと、その三分の二が泥酔状態なのも助けにならん」

「目が眩むほど飲むとは言うが……」クレーンが返した。

ゴールドは唇をひねった。「ああ、これは度を越している。とはいえ、被害者にとっては酔っているのはむしろ僥倖《ぎょうこう》だ。自分の身に置き換えたら、正気ではいたくはない」医師は両肩を回した。「仕事に戻らにゃならん。そうだ、あんたの金をどのくらい使わせてもらえる？」

「好きなだけ使ってくれ」絶望に暮れた患者の手を握り、ぽっかりと空いた目の傷口に包帯を当てるつもりはなかったが、クレーンは金であれば貢献できた。メリックのために、運命の女神への僅かな供物だ。「必要な人間は誰でも雇ってくれ。とにかく治療法を見つけて欲しい」

「最善を尽くしているよ」ゴールドは茶を飲み干して前列のベンチに置き、醜く汚れた袖口を触った。「ああ、こいつは不潔でたまらん。さて、失礼するよ。お、お前か」クレーンの肩越しを見て言い添えた。「ここに座りたいんだろう」

「ああ」スティーヴンは応え、前線に戻った医師と入れ替わりに崩れるように座った。

「それはお茶？」

「一応は」クレーンはほとんど手をつけていないマグカップを渡した。「何が起きているかわかってきたか？」

　スティーヴンは茶を一口飲むと顔をしかめて頭を振った。「毒を盛られたというのが皆の見解だ。どこでどうやって、なぜなのかはわからない。この周辺一マイル以内で見つかったということ以外、被害者に共通点はなし。誰一人まともに話せない状態だから、話を聞き出すこともできない」

「感渉《フリューエンス》はかけられないのか？」

　スティーヴンが鋭い視線を送った。クレーンは肩をすくめた。自分の意識に干渉されるのは耐えられなかったが、他人の頭の中はメリックの目に比べると価値がだいぶ低く感じられた。

「安全ではない、というのが僕らの見解だ。被害者たちの意識に何かしたら、どんな症状を引き起こすか想像もつかない」

　クレーンにはそんなことはどうでもよかった。視線の先の組んだ両手は、どうしようもない怒りの矛先を持て余し震えていた。スティーヴンが軽く、人目につかない程度にそっと、腕に手を添えた。クレーンは体の向きを変えて相手を抱きしめられないことへの憤りを噛み殺すことになった。この恐怖と不安を恋人の温もりで和らげたかったが、ここでそうすることは別の脅威をもたらすことになる。それをスティーヴンがいまも明らかに意識していることが感じられた。

「気をつけた方がいい」そう言って腕からスティーヴンの手を振り払った。忌々しい英国、忌々しい魔法、そして謎だらけのシャーマンたちに対する苛立たしさ。

　スティーヴンは驚きと少し傷ついたような顔を見せた。感情を押し殺すように唇を噛み締めて言った。「ダンから聞いたよ。あんたが金を払ってくれてるって。ありがとう」

「喜んで協力している。少しは役に立てると思い込めるからな」

　スティーヴンは少しの間視線をクレーンに留めて、苦々しい顔で茶を飲み干した。「メリックさんがどこへ行っていたか、まったく心当たりはないのか？　どこか当たれる場所さえあれば――」

「ああ」クレーンは早く気がつかなかったことを呪った。「オールド・トムとかいうところに行ったと言っていた。どこかわかるか？」

スティーヴンはクレーンの答えに身を起こしたが、再び少し体を沈めた。「そんな場所はない」

「いや、確かにそう言った――」

「違うんだ、特定の場所の名前ではないんだ。オールド・トムというのは普通の民家、あるいは店で、居酒屋《パブ》をそう呼ぶこともあるが、安い密造のジンを売る場所の総称だ。かつてジンが違法だった頃の名残。家の扉に黒猫が彫られていたり、描かれていたりすると、そこはオールド・トムだ。窓にノックして金を払って、酒が買える」

「まだたくさん存在するのか?」クレーンは期待せずに訊ねた。「いまやジンは普通のパブで手に入る」

「かなりの数ある。何しろ値段が安い。それにはもちろん訳があって、いったい何を飲まされているることやら。ダンはよくセイントにダメと言っている――」そこで唐突に言葉を止めた。

クレーンは鳥肌が立つのを感じだ。「何をダメだと……?」

「ダンはセイントに、あんな所に行くんじゃないと注意している」スティーヴンはゆっくりと言った。「でもよく行くんだ。休みの夜には」

「今夜は休みの夜だった?」

「そうだ。メリックさんも今夜オールド・トムに行っていた。そこでは酒が安いから――」

「貧しい行商人や子供や売春婦にとっては魅力的だ」クレーンは体をひねって被害者たちの集

団を見やった。「教師や弁護士にとっては、窓にノックするだけで買えるのであれば、パブに入るよりも目立たない――」

「禁酒を奨励する教会の寺男もな」スティーヴンは立ち上がっていた。「エスター？　エス！　手がかりだ」

エスターはそれがいまのところ最も有効な手がかりであることに同意した。問題は、その手がかりを追う術がないことだった。

「オールド・トムの場所なんて知らない」スティーヴンの声は苛立たしさに溢れていた。「リストが欲しい。ここの周辺、一マイル四方くらいの。まさにセイントなら知っているんだが。警察に協力を頼めば何かわかるかもしれないが、こんな時間に果たして――」

「ちょっと待て」近くで緑のサッシュをした禁酒協会の会員が一人、動き回っていた。クレーンは手を上げて呼びとめた。「失礼、ご婦人。あなたは禁酒協会の方か？」

「そうです」女は身構えるようにまっすぐな姿勢で立った。

「それは喜ばしい。私はクレーン卿、私自身も禁酒主義で、貴協会の運動に心から賛同している」視界に入ったスティーヴンの顔はまったくの無表情だった。「実は大至急、この辺り一帯のオールド・トムの場所が知りたい。今回の問題の原因がそこにあるのかもしれない」

「やっぱり！」女は目を見開いた。「酒の呪いが――」

「おっしゃる通りだ、まさに、それで場所はご存知か？」

女はわざとらしくお辞儀をして見せ、クレーンは貴族の称号を名乗ったことを後悔した。

「それは――閣下《マイロード》、私たちは最低最悪の場所に行くことを余儀なくされることはおわかりでしょう――」

「敵を知ることなしに良き戦いを行うことはできない」クレーンは女を安心させるように言った。後ろでエスターがイライラし始めていた。「あなたの勇気と献身には、尊敬以外の何もない。なので、住所を教えて欲しい。頼む」

女は少し得意げな様子になった。「クラッチド・フライアーズに一軒、フェンチャーチ通りに二軒。レーデンホール通りとミンシング・レーンにも」

エスターは紙片に書きつけていた。スティーヴンは青ざめていた。「そんなにあるのか？」

女は講義でも始めるように姿勢を正した。クレーンはそれを止め、「続けて」と促した。

「グレート・タワー通り、アイドル・レーン。まさに酩酊を崇拝するにふさわしい場所。ルード・レーンと違って」

「ルード・レーンはありなの、なしなの？」書きつけながらエスターが訊いた。

「あそこでは悪魔に勝利したのです」女は誇らしげに宣言した。「毒を商売にしていた罪深き酔っ払いが、いまや神の恩寵により悪の道から立ち直ったのです」

「それはおめでとう」クレーンは言った。「他には？」

女はさらにいくつか通りの名前を挙げた。スティーヴンは注意深く訊ねた。「その、毒を商っている人々の中に、何か他の悪の道に手を染めていると思われることはありましたか？　闇の魔法とか」

禁酒協会の闘士は少し驚いた様子でそのような心当たりはないと証言し、それ以上役には立たなかった。

「どうする？」クレーンが訊ねた
「一つ一つあたっていくしかないな。一緒に来る？」スティーヴンが扉に向かった。

外套をつかむと、クレーンは後に続いた。「少なくとも十五ヵ所はあったぞ。どこから行くつもりだ？」

「ルード・レーン」二人の審犯者《ジャスティシアー》は口をそろえて言った。

クレーンは眉をひそめた。「ルード・レーンは閉鎖したと言っていたのでは？」

「僕らにはある経験則があるんだ」スティーヴンが応えた。「まずは常に狂信者を追え、とね」

馬車もおらず数百ヤードしか離れていなかったので、一行は徒歩で向かった。雨は小降りになっており、そのせいか少し空気も新鮮に感じられた。そこここの建物の前には幾人かでたむろする一団がおり、通り過ぎる一行を見つめていた。クレーンは危険が及ぶことはないだろうと思った。短身の男に裕福な男、そして女が一人、一見して簡単な獲物に見えたかもしれないが、審犯者たちの確固とした歩き方と表情は目的意識に満ちていた。今夜スティーヴンとエスターに絡むのは自殺行為だったが、クレーンは誰かが手を出さないものかと願いそうになった。誰かに当たりたかった。

ルード・レーンに入ると、エスターは頭を後ろに倒して、鼻から大きく息を吸った。「ああ、なるほど。こっちだわ」もう一度鼻で匂いを嗅ぎながら、歩幅を広げた。

クレーンはスティーヴンを見た。相手は肩をすくめた。「僕は手、彼女は鼻。滅多に間違えない」

エスターは何の変哲もない家の前で立ち止まった。夜用の木製のシャッターで窓が封じられていた。扉の横に、黒猫らしき絵がかすかに認められた。明かりは見えなかった。クレーンがノックをしたが、中から反応はなかった。

エスターが扉を開こうとしたが、鍵がかかっていた。木の上にピタリと両手を当てて前かがみになり、少しの間頭をつけていたが、やがて体を離した。「蹴ってくださる、クレーン卿？簡単に開くはず」

「あまり穏便な方法ではないな」スティーヴンが言った。

「あまり穏便な気分じゃないの」

「私もだ」クレーンが間合いを測って固いオークの扉に乱暴な蹴りを入れると、扉は水に濡れた紙のようにあっさりと屈した。体ごと中に倒れ込むのを防ぐため、扉の枠に捕まらなければならなかった。

家の中は暗く冷たく、酒《スピリット》と薬草――ローズマリーとセイヨウネズ――の匂いがした。クレーンが息を吸うと、揮発性の香りが鼻腔を刺した。「これ、吸い込んでもいいのか？」

傍で灯りが見えた。スティーヴンの顔がその両手の上で発光する球体に黄色く照らされた。

「穏便にって言ってたじゃない」エスターが淡々と言った。

「もうそれには遅い」

一行が階段を上がって行くと、痩せた男が踊り場に現れた。骨ばった脚に寝間着の布をまとわりつかせていた。

「いったい何してやがる？」男は怒った口調で不明瞭に言った。「出てけ！　さもないと警察を呼ぶぞ！」

「それならもうここにいる」スティーヴンが言った。「酒についで聞かせてもらおうか」

一同はスティールと名乗った男を取り囲み、階下に座った。男は寒そうに見えたが、どちらの審犯者《ジャスティシアー》も暖炉の火をおこそうとはしなかった。椅子の背には緑のサッシュがかかっていた。

スティールは椅子の上で縮こまり、罪を認めつつも反抗的な態度だった。目はショボショボしており、頬にかけて血管が蜘蛛の巣のように走り、両手指の関節は長年の使用で硬くなっていた。酒はやめたのかもしれないが、まだ酔っ払いのような外見だった。

「酒飲みは嫌いだ」男はもごもごと言った。「汚い動物たちめ。俺も動物だった、飲んでいた頃は。酒は呪いだ」

エスターは呆れ顔になった。「そう聞いたわ。何をしたか教えて」

「大叔母さんの持っていた本を使った。色んな酒を作っていたんだ。大叔母さんは専用の蒸留器で、特別なエールを作っていた。幾つかの酒には効能があった……特別な。俺が見つけたのは思い出《リメンブランス》という名前のジンの作り方《レシピ》だ。物事を思い出させる飲み物だと大叔母さんは言っていた」

「なぜ思い出させたいんだ?」スティーヴンが訊ねた。

「忘れるために飲むって言うだろ?」スティールは床に唾を吐いた。「覚えているべきなんだ。酒を飲むのは罪だ、そこからさらにひどい罪が生まれる。その恥を覚えているべき、感じるべきなんだ。俺は罪を感じている。酒を飲んで、ひどいことをいくつもした」男は目をギラつかせ、話しながらエスターを見ていた。「ひどいことだ。俺は罪人の中でも最低最悪の――」

「そうか」男がそのまま繰り返し暗唱してきたであろう語りに入る前に、スティーヴンが一言で遮った。「では、その本を見せてもらおう」

「俺のものだ」

エスターは腕を組んだ。「スティールさん、あなたのジンが人々に何をしているかわかっている?」

「思い出させるんだ。そう本に書いてある」

「使う前に試してみたのかしら、何かあるいは誰か――自分自身に。配り始める前に?」

スティールはポカンとした表情を見せた。「いいや」

「尋常でないと思われるレシピで酒を作って、どんな結果になるかを知る努力を一切することなく、人に与えた、というのね」エスターの声は非常に落ち着いているように響いたが、それは嵐の前の静けさを思わせた。

「神の御技だ。酒を飲むのは罪だ」

「人に毒を盛るのもそうだ」スティーヴンの声は冷静さが過ぎるくらいに冷静だった。クレーンはその顔からエスターへと視線をやり、さっと身を引きたくなく衝動を抑えた。「記憶を呼び覚ますだけのものだったとしても、あんたにその判断を下す権限はない。現時点で、スティールさん、あんたの手は血に染まっている」

「あるいは別の液体で濡れていることは間違いない。少なくとも」エスターの笑みにはまったく冗談の影はなかった。「一緒に来てもらいましょう。禁酒の名目で何を成し遂げたか、その目で確かめられる。誇りに思うことでしょう」

「あいつらが勝手に来たんだ！　窓にノックして、金を払った」スティールはわかってくれとばかりに三人の顔を見た。「俺から買わなくても這いつくばってどこかで安酒を手に入れたさ。酒が欲しかった奴らに酒をやった。連中にふさわしい」

「待て」クレーンは言った。「お前は禁酒主義なのに、ジンを売ったのか？」

スティールは困惑したような視線を返した。「だから？　俺にだって生活がある」

「と、いうわけで……」スティーヴンが立ち上がった。「残っているリメンブランス・ジンと本をもらおうか」

スティールは顎を突き出した。「いやだと言ったら？」

スティーヴンはため息をついた。「いますぐに渡すか、あるいはクレーン卿が五分間、思いのたけをあんたにぶつけて、骨を砕かれて歯をなくした状態で渡すか。僕はどちらでもいい」

「本当に？　私はそうは思わないぞ」クレーンが立ち上がると、スティールの目が見開かれるのがわかった。縮こまった男に笑いかけて、一歩前に進んだ。

エスターが注意を促した。「醜い見世物を見る気にはなれないわ」そう言うと立ち上がった。「つまりは、私が扉に行くまでが猶予時間よ、スティールさん」

＊＊＊＊＊

二時間後、二人は一緒に教会のベンチに座っていた。クレーンの傍にスティーヴンの温かい肩があたっていた。

一行は聖オラヴ教会までスティールを無理やり連れてきた。エスターが男を歩かせ、その横をクレーンがリメンブランス・ジンの瓶を運び、スティーヴンは中から薬草や羊皮紙が落ちてしまうことがないよう、古びた本を抱えていた。スティールは道すがら抗議をし続けたが、それもエスターが、目を無くして呻き声を上げている被害者たちの一団の前に連れていき、何をしたのかを言い聞かせるまでのことだった。その後、禁酒協会の闘士たちが男をどこかへ連れ去った。クレーンにはどうでもよかった。ゴキブリでも踏みつけるように男を踏みつけたかったが、騒ぎになるだろうし、能力者《プラクティショナー》たちは忙しかった。

走って行っては何事かを叫ぶ人々。部屋着姿から舞踏会の衣装まで、様々な場所から呼び出された様子の数人が姿を現した。持ってきたジンの瓶とレシピの本を巡って、ダン・ゴールドを中心に盛んに議論が交わされていた。エスターとスティーヴンは集まった人々の外側で、クレーンが思わず牧羊犬を連想してしまうような様子で、人の群れを制御していた。やがてスティーヴンは喧騒を離れて、クレーンの隣の固いベンチに倒れ込むように座った。

「解決法を探している」前置きなく言った。「レシピは明解だった。明解すぎるくらいに。持ち主が死んだ時、あの本は破壊されるべきだった。間違った者の手に落ちるとは、まさにこのことだ」

「それで、スティールは能力者なのか？」

「なりそこないだ」スティーヴンは渋い顔をした。「ほんの少しの能力があって、使うこともできるが、自分が何をしているかもわからない。大バカ者だ。落とし前はつけさせる」

「それで……解決方法は？」クレーンは気分が悪くなるほど何時間もの間、胸の中に溜めていた質問をようやく解放した。「助けられるのか？　メリックの目は治るのか？」

「目を失った者たちがこれ以上思い出すことを止めることはできた。もう幽霊は見えない。まずまずの出だしだ」

「聞きたいのはそんなことじゃない。クソ――」クレーンは声を荒げた。スティーヴン独特のするりとごまかすような対応が、いまは堪えられなかった。

「あそこを見て」スティーヴンが示したのはダン・ゴールドと、赤いサテンの見事な衣裳で眼鏡をかけた女性とが意識不明の被害者の傍に跪《ひざまず》いているところだった。「あれはバロン＝ショー夫人だ。あの人は協議会《カウンシル》の一員だ。今夜は皇太子の出席するパーティに出ていた。キラキラした夜会で王族とワルツを踊ろうとしているところを、僕たちがここへ引っ張ってきたのは、彼女がこうしたひどい状況を収めるのが得意だからだ。ダンと彼女の二人で解決できなかったら、誰にもできない」クレーンを見上げた。「あんたが怖いのはわかる。こんな状況がいやで、僕に何とかして欲しいと思っていることもわかる。何か大げさな技を使って解決して欲しいのはわかるし、できればやって見せたいけど、これは僕の範疇ではない」琥珀色の瞳は真剣だった。「僕はできない約束はしない。絶対にしない」

そのままクレーンの視線を捉えて離さなかった。やがてクレーンは頷いた。「わかっている」

「セイントの目でもあるんだ」

「わかっている。すまなかった」

スティーヴンはため息をついた。「バカな娘だ。いったいどうやって二人は同じオールド・トムの酒を飲んだんだ？」

「神のみぞ知る」クレーンの知る限り、メリックはネズミの一件以来、若い審犯者と何度か飲みに出かけていた。いまスティーヴンとこの情報を共有したくはなかった。その代わり、背中を後ろにもたせ、前列のベンチの下に長い脚を伸ばし、恐ろしく疲れて居心地が悪いことを実感した。「では、待つか」

「そうだな」スティーヴンはその後しばらく黙ったままでいたが、不意に口を開いてクレーンを驚かせた。「あんたは何を見る?」

「何だって?」

「もしあのジンを飲んだら。考えていたんだ。幽霊、記憶、後悔」

「なんて質問だ」クレーンはためらった。「わからんな。たぶん家いっぱいの幽霊か。思い出したくない嫌な記憶なら山ほどある。だが後悔は……あまり意味を感じない。その時やれることをやる、失敗したら、そのことから学ぶ。メリックはあの将軍から私を助け出すのが遅くなったことで失敗したと思っているようだが、私から言えるのは、救出された時に感じたのは心からの安堵感だけだった、ということだ」

「なるほど」

「いずれにせよ、自分の人生を生きてきた結果、いまここで君と出会えた。他にいたいと思う場所はない」自らの言葉の中の真実にクレーンは数時間の蓄積された怒りが少し解けるのを感じた。スティーヴンがいなければ耐えられなかった。毅然として容赦ない恋人が、今回も自分のために戦ってくれることを知らなければ、無力な自分の憤りに耐えることはできなかったろう。「もちろん、この座り心地の悪いベンチに座っていたくはないがな」

スティーヴンが笑顔を見せた。「あんたはいまを生きるのが得意だな」

「他に選択肢はあるか?」

　突然、指に圧力を感じた。手のように感じられたが、スティーヴンの電気的なそれではなく、温かくも冷たくもなかった。驚いて自分の手を見下ろしたが、何もなかった。スティーヴンの両手は慎ましく自らの膝の上で組まれていた。

「これは君か？」

「そう」見えない手は力を強め、肌を撫でた。

「いいことを思いついた」

　スティーヴンは目を見開いた。「ここは教会だぞ、ルシアン」

「思いつきはどこだろうと好きなところで思いつくさ」

　スティーヴンは笑みを見せて座り直した。クレーンはその顔と、目の周りの細い疲れたシワを見つめて言った。「君にも幽霊が大勢いそうだな」

「ああ」スティーヴンはしばらく沈黙していた。クレーンはそれ以上の答えを期待していなかったので、再び声が聞こえた時は意外だった。「少なくとも一人は防げた」

「何？」

「春にあんたを見捨てないで、よかった。一緒に過ごせて、よかった。愛してる、ルシアン」

　静かな声だったが、はっきりと発せられた言葉だった。スティーヴンの見えない指が手を撫ぜた。「いま一緒にいられて嬉しい。そうでなかったら、あんたは僕を恐ろしく祟ったことだろうから」

「墓場まで追いかけたさ」クレーンは軽く言ったが、スティーヴンの体が少し近づいたのを感じた。明らかに危険な行為だったが、教会はいまや互いにもたれあって眠る人々で満ちており、起きている者は働いていたし、もう他人のことなど気にならなかった。どうとでもなれ。クレーンはスティーヴンの肩に腕を回し、スティーヴンが小さく身を寄せるのを感じながら、目を閉じた。

「さあ、起きて」上からエスターの声がして、クレーンは飛び起きた。「夜が明けたし、いつまでもベンチでゴロゴロしてもいられないでしょ。治療法が見つかったわ」

＊＊＊＊＊

それから二晩後、再び雨が降っていた。クレーンは台所のテーブルに座り、その前にはジンの瓶が一本とグラスが三つ。酒《スピリット》の匂いは気持ちを落ち着かなくさせたが、対処方法は一つだけだ。

向かいに座ったメリックは明るい栗色の瞳でクレーンの目を見ていた。「目が見えなくなった連中に金を出したって？」

クレーンは肩をすくめた。「ゴールドが助けたのを、私が経済的に援助している。誰かがやっらないとな」

「そうだな。ひどい話だ。えらく奇妙な体験だった」

「ああ。ちなみにこの騒動で一番驚いたことが何かわかるか？」

「何だ？」

「二十年もの間、お前に良心があるなんて微塵も思ったことはなかった」

メリックがうなった。「あるか、そんなもん。ちょっと飲みすぎた、それだけだ」

そう言って、二つのグラスにジンをなみなみと注いだ。クレーンが視線を投げた。「これはちゃんとした出所のものだろうな」

「最上のものしか出しません、閣下《マイロード》」

「今後の外出の時もそうしてくれよ」クレーンはグラスを手にとると、液体を見透かした。「何か話し合うべきことはあるか？」

「ないと思うが」

〈死んだ人々、ユアンユアン、セイント〉片眉を上げて、待った。万が一ということもある。

メリックが片方の肩を上げた。「過去は過去。気にしても仕方ねぇさ」

「その通り。ありふれているが、真理だ」

「それじゃ。終わったことについてクヨクヨ考えても仕方ない。他にやることが色々ある。お互い、いや、皆」そう補足して、三つ目のタンブラーにジンをたっぷりと注いだ。

クレーンにも聞こえていた。裏階段を上ってくるスティーヴンの軽い足音。自分の許に戻ってくる音。グラスを掲げた。「それに乾杯だ」

カササギの魔法シリーズ2
捕らわれの心

2023年1月25日　初版発行

著者　KJ・チャールズ［KJ Charles］

訳者　鶯谷祐実

発行　株式会社新書館
〒113-0024 東京都文京区西片2-19-18
電話：03-3811-2631
［営業］
〒174-0043 東京都板橋区坂下1-22-14
電話：03-5970-3840
FAX：03-5970-3847
https://www.shinshokan.com/comic

印刷・製本　株式会社光邦

Printed in Japan　ISBN 978-4-403-56052-1

モノクローム・ロマンス文庫

定価：792〜1430円（税込）

叛獄の王子シリーズ

叛獄の王子1

「叛獄の王子」

C・S・パキャット 〈翻訳〉冬斗亜紀 〈イラスト〉倉花千夏

享楽の園、ヴェーレの宮廷で日々繰り広げられる饗宴。隣国アキエロスの世継ぎの王子デイメンは、腹違いの兄に陥れられ、ヴェーレの王子ローレントの前に奴隷として差し出された。宮廷内で蠢く陰謀と愛憎。ふたりの王子の戦いが、幕を開ける。

叛獄の王子2

「高貴なる賭け」

C・S・パキャット 〈翻訳〉冬斗亜紀 〈イラスト〉倉花千夏

国境警備へと執政の命を受けて向かうローレントの部隊は、統率を欠いた三流の兵の寄せ集めだった。だがその部隊をローレントはデイメンとともに鍛え上げる。幾重にも襲う執政の罠。そして、裏切りの影。もはや絶望的とも見える状況の中、生き延びるために力をあわせる二人の間にいつしか信頼が芽生えていく——。強く誇り高き王子たちの物語、第二弾。

叛獄の王子3

「王たちの蹶起」

C・S・パキャット 〈翻訳〉冬斗亜紀 〈イラスト〉倉花千夏

約束の場所、シャルシーにローレントは現れなかった。その頃ローレントはグイオンの手に落ち、地下牢に囚われていたのだ。そして目の前には彼を憎むゴヴァートの姿が——。ヴェーレとアキエロスの戦力をたばね、王子たちは執政の企みから母国を守ることができるのか。そしてふたりの思いと運命の行方は——!?　叛獄の王子三部作、ついに完結！

叛獄の王子外伝

「夏の離宮」

C・S・パキャット 〈翻訳〉冬斗亜紀 〈イラスト〉倉花千夏

運命を決したキングスミートでの裁判、カストールとの最後の戦いの後、瀕死の傷を負ったデイメンの傷もようやく癒えてきた。イオスの「夏の離宮」で二人だけの時間を過ごすローレントとデイメン。ローレントは戸惑いながらもいつもより素直な表情をデイメンに見せる——。表題作ほか三作を収録した、「叛獄の王子」外伝。

NOW ON SALE

「ロイヤル・シークレット」

ライラ・ペース

〈翻訳〉一瀬麻利　〈イラスト〉yoco

英国の次期国王ジェームス皇太子を取材するためケニアにやってきたニュース配信社の記者、ベンジャミン。滞在先のホテルの中庭で出会ったのは、あろうことかジェームスその人だった。雨が上がるまでの時間つぶしに、チェスを始めた二人だが……!?　世界で一番秘密の恋が、始まる。

「ロイヤル・フェイバリット」

ライラ・ペース

〈翻訳〉一瀬麻利　〈イラスト〉yoco

ケニアのホテルで恋に落ちた英国皇太子ジェイムスとニュース記者のベン。一族の前ではじめて本当の自分を明かしたジェイムスは、国民に向けてカミングアウトする。連日のメディアの熾烈な報道に戸惑いながらもベンはジェイムスとの信頼を深めてゆく。世界一秘密の恋、「ロイヤル・シークレット」続篇。

モノクローム・ロマンス文庫

定価：792～1430円（税込）

コーダシリーズ

「ロング・ゲイン」

マリー・セクストン

〈翻訳〉一瀬麻利　〈イラスト〉RURU

ゲイであるジャレドはずっとこの小さな街で一人過ごすんだろうなと思っていた。そんな彼の前にマットが現れた。セクシーで気が合う彼ともっと親密な関係を求めるジャレドだったが……。

「恋人までのA to Z」

マリー・セクストン

〈翻訳〉一瀬麻利　〈イラスト〉RURU

ビデオレンタルショップ「A to Z」の経営に苦戦するかたわら、新しいビルのオーナー・トムとの虚しい恋に悩んでいたザックはクビにしたバイトの代わりに映画好きの客、アンジェロを雇い入れる。他人を信用せず、誰も愛したことのないアンジェロだったが――。

NOW ON SALE

月吠えシリーズ

「月への吠えかた教えます」

イーライ・イーストン 〈翻訳〉冬斗亜紀 〈イラスト〉麻々原絵里依

人生に挫折したティムは。負け犬人生をやり直そうとマッドクリークの町にやってきた。ところがその町は人間に変身できる力を持った犬たち（クイック）が暮らす犬の楽園だった——。傷ついた心に寄り添う犬たちの町、マッドクリークを舞台に繰り広げられる「月吠え」シリーズ第1作。

「ヒトの世界の歩きかた」

イーライ・イーストン 〈翻訳〉冬斗亜紀 〈イラスト〉麻々原絵里依

人間に変身できる特殊能力を身につけた犬（クイック）たちが住む町・マッドクリーク。保安官助手となってはりきるローマン（ジャーマンシェパード）はセクシーなマットと再会し、恋に落ちる。しかし童貞なのでどうしていいかわからない……!?　好評シリーズ第2弾！

「星に願いをかけるには」

イーライ・イーストン 〈翻訳〉冬斗亜紀 〈イラスト〉麻々原絵里依

人間に変身することができる能力を持った犬たち（クイック）が暮らす町、マッドクリーク。故郷マッドクリークに戻り、クイックの遺伝子を研究しているジェイソンは、「いたわり犬」として多くの人間の最期によりそってきたクイック、マイロに出会い同居することに。そんなある日、町に戻ってきたクイックから未知のウィルスの感染が発覚し、保安官・ランスが倒れる——。人気シリーズ第3弾！

「すてきな命の救いかた」

イーライ・イーストン 〈翻訳〉冬斗亜紀 〈イラスト〉麻々原絵里依

つらい体験から人間不信になったラブラドール・レトリーバーのサミーは、保護施設を脱走し、人間に変身できる犬たちが暮らすという楽園のような町マッドクリークを目指す。サミーの足取りを追ってきた動物愛護活動家のラヴは、たどりついた町のダイナーで、犬と同じチョコレート色の髪を持つ美しい男と出会う……。人気シフター・ロマンス、月吠えシリーズ第4弾！